蘇我捨恥
Shachi Sogano

illustration
四季童子

「たいした敵ではなかったですね」

ロクサーヌに攻撃が当たることは少ない。

異世界迷宮でハーレムを

10

異世界迷宮でハーレムを 10
「どれも美味しいです」
セリーも俺と同意見のようだ。
食べ比べはベスタに好評だった。

花道から退出するときに
行うのが飛び六方だ。
ミリアが知っているはずもないとはいえ。
異世界迷宮でハーレムを10

ロクサーヌたちが。

全員で。

体じゅうををオイルでぬめらせながら。

「そ、そうなのか」

「はい」

ゴクリ。
やる。
やりたい。
やらいでか。
異世界迷宮でハーレムを10

「ロクサーヌも滝行な」

ミリアとベスタに続いて、
ロクサーヌも滝に打たれだした。

白装束の三人が並ぶ姿はなかなかに艶っぽい。

水しぶきでよく見えないとはいえ。

異世界迷宮でハーレムを 10

異世界迷宮でハーレムを　10
▶ INTRODUCTION
▶ 迷宮での生活
▶ ベスタをパーティーに加え、
5人となったミチオたち。
強力なアタッカー兼盾役が加わったことで
迷宮での戦闘はさらに効率的になり、
一行は生活のために迷宮に潜り続けていた。
レアドロップを集めるためにボス戦の周回をしたり。
男の欲望をかなえるために、オイルをひたすら集めまわったり……。
迷宮での戦闘はほどよく刺激的で、
充実した日々を送っていく。
さらに、ご主人様命なロクサーヌをはじめとして
4人の美少女たちはミチオに尽くしていく。
まさに夢のハーレムライフを送るミチオは
今日も美少女たちと甘い日々を過ごしていくのだった。

異世界迷宮でハーレムを

10

蘇我捨恥

ヒーロー文庫

異世界迷宮でハーレムを 10

CONTENTS

第四十六章	黒いダイヤ	5
第四十七章	軛（くびき）	69
第四十八章	登竜門	125
第四十九章	遊び人	185
第五十章	荒行	235

illustration 四季童子

イラスト／四季童子
装丁・本文デザイン／5GAS DESIGN STUDIO
校正／鈴木 均（東京出版サービスセンター）
DTP／川名美絵子（主婦の友社）

この物語は、小説投稿サイト「小説家になろう」で
発表された同名作品に、書籍化にあたって
大幅に加筆修正を加えたフィクションです。
実在の人物・団体等とは関係ありません。

第四十六章　黒いダイヤ

加賀道夫

現時点のレベル＆装備

探索者　Lv45
英雄　Lv42
魔法使い　Lv45
僧侶　Lv45
博徒　Lv28
剣士　Lv28

装備　ひもろぎのロッド
アルバ
硬革の帽子
竜革のグローブ
竜革の靴
身代わりのミサンガ

なんの因果か迷宮に入る生活を続けていると、このような暮らしも悪くないんじゃないかと思えてくる。

なにしろ刺激的だ。

刺激的というか、文字どおり命の危険がある。

気を抜いたら持っていかれる。最期だ。そのまんまの意味で。

だから、たるんではいられない。気を張っていなければいけない。集中を切らすことは許されない。

毎日が刺激的ではある。

そんな刺激はごめんこうむりたいと、まあ本来なら考えるところかもしれないが、そこまでガッチガチに危険というわけでもない。

ほどほどだ。

迷宮といっても上の階層から下の階層まである。

上の階層へ行けば魔物も強力になって危険も増えるだろうが、下の階層なら敵も弱く比較的安全だ。

俺は誰に強制されているのでもないから、自分たちに合った階層で戦えばいい。

下の階層では実入りが少ないということはあったかもしれないが、少なくとも俺たちはもうそういう段階は脱した。

自分の好きな階層で、安全に配慮しながら、戦える。

油断すれば危ないだろうが、常時ビンビンに張りつめていなければならないというほどの危機でもない。身の危険をひしひしと感じるほどではない。

ほどよい緊張感だ。

そしてほどよい運動。

迷宮で戦っているのだ。当然、体は使う。肉体労働だ。

だからといってもちろん、戦いが終了したときに疲労困憊するようでは困ってしまう。

迷宮は危険だ。

疲れ果てるようでは命がいくつあっても足りない。

一日が終わったときに今日も頑張ったなと思えるくらいの軽い運動が望ましい。体の芯から疲れたと感じるほどではない。

ほどよい緊張感にほどよい運動。

毎日が悪かろうはずがない。

戦いはそれぞれにまったく同じではないから、だれることもない。

今のところ飽きもきていない。

というか、そんなことを考えるようでは命が危ない。

そして、迷宮での戦いが終われば、美少女をはべらせてのハーレム生活だ。

毎日がリフレッシュ。

毎日が充実だ。

命への危機感が麻痺(まひ)している可能性も含め、この世界に慣れすぎたのではないかという疑いはある。

でもいいじゃないか。

人間だもの。

あとは、適切な危機感を失わないように、どこかで何かが発する警告音を無視しないように注意するだけだ。

まあ、そう思っているのは俺が後衛だからかもしれないが。

前衛陣は大変かもしれない。

まずロクサーヌ。

うん。今の敵の攻撃をひょいひょいかわしている姿を見るに、大変とは思えない。

むしろぬるすぎてクソゲーだと思っている可能性まである。

こんな軟弱な戦いを強制する俺のところからは早く解放されたい、とか。

「なんですか？」

「いや。前衛は大変じゃないかと思って。俺が迷宮探索に巻き込んでしまって悪いな」

「いえいえ。充実した戦いをさせてもらって感謝しております」

魔物が全滅したあともロクサーヌのことをボーッと見ていたら、気を使われてしまった。

ただまあ、割と本心か。

さすがに解放されたいとまでは思ってないだろう。

前衛陣も悪くない日々を送っていそうか。

「ミリアとベスタも迷宮で戦ってつらいということはないか？」

「やる、です」

「全然大丈夫だと思います」

ベスタは、なんか本当に大丈夫そうな気がする。

ロクサーヌと違ってそれなりに魔物の攻撃は浴びているのだが、深刻なダメージを受けている感じはまったくない。

体が大きいからそう思えるだけかもしれないが。

まあそれはあんまり関係はないか。むしろ、大柄な分本当に耐久力があると考えていいのだろう。

今では、戦闘中に何発も魔物の攻撃を食らったときに限り、一回だけ回復魔法を使っている。一回だけだ。

それだけで済んでいる。

二回以上使ったという記憶はほとんどない。

瀕死(ひんし)の状態から何回回復魔法を使えば元気になるか試したことはないが、結構な余裕があることは間違いないだろう。

そう考えると、一番つらいのはミリアか。

ロクサーヌほど回避しているわけでもなく、ベスタほど耐久力があるわけでもなく。ほどほどに痛い魔物の攻撃をほどほどに受けている。

大変かもしれない。

そうはいっても、このザビルの西の森の迷宮の二十二階層に来ているのは、ミリアの希望をくんで、マーブリームやそこの階層のボスと戦って食材をゲットしたいというミリアの食欲に配慮して、来ている。

ミリアも問題はないだろう。

「セリーは、大丈夫だよな?」

一応セリーにも確認してみる。

最後になってしまったが。

だってセリーは後衛なのだ。

まあ魔法職や回復職ではないから、半分後衛というか、実質後衛というか。

しかし少なくとも最前線で魔物と対峙(たいじ)することは基本していない。後ろから槍(やり)で突いている。これはもう後衛と言っていいだろう。

立派な後衛だ。

ここしばらく、セリーは魔物からダメージを受けたことはないはずだ。

それなのに迷宮で戦うのがつらいとか言い出すようなら、こっちにも考えがあるぞ。

具体的には、ベッドでお仕置きだ。

分かってるだろうな。

ああん？

「ご主人様の魔法のおかげで魔物がすぐに倒れていきますからね。こんなに速いペースで上の階層まで進んできたことに戸惑いはありますが、戦いそのものに不安はありません。大丈夫です」

満足のいく回答をいただけた。

今夜はご褒美だ。

やはり、ほどよい緊張感と適度な運動は彼女たちにもプラスの効果をもたらしていると考えていいだろう。

本心はともかく。

いや。大丈夫だ。

「よし。次いってみるか」

「はい。こっちですね」

ロクサーヌの案内で進む。

今度はマーブリームが三匹。

そしてそれを迎え撃つ三人。

相手が三匹なら一対一に持ち込めるので、ロクサーヌの周囲は絶対国防圏になる。マーブリームごときの攻撃がロクサーヌに当たる道理はない。

どっかの戦争中の帝国にも分けてあげたい。

ほら。今二匹のマーブリームがロクサーヌに同時攻撃を仕掛けたが、ロクサーヌは一匹の攻撃をかわしながら一匹の攻撃を盾で弾くことによって、両方防いで見せた。

魔物は、ときどきポジションチェンジみたいなことをして、横の魔物が攻撃したり、左右から二匹同時に攻撃してきたりするのだが、ロクサーヌにはそれでも当たらない。

左右から同時に攻撃されるのは、どうしても真ん中にいるロクサーヌが対象になることが多いわけで、これはパーティーの安定にすごく寄与しているといえるだろう。

ロクサーヌが真ん中にいる限り、前衛陣が崩れることはない。

「やった、です」

おっと。

マーブリームが一匹、床に落ちた。

石化だ。

石化が発動した。

ミリアもがんばっている。

ミリアが使っている剣は硬直のエストック。斬りつけた相手を石化させることのできるスキルがついている。

そう頻繁にではないが、こうしてときどきは発動する。

石化した魔物は、もはや再び動き出すことはない。マーブリームのように宙に浮いている魔物なら、そのまま地面に落ちてしまう。

戦いが楽になる。勝利がぐっと近づく。いいことずくめだ。

まあ片づける手間は残るが。

そのくらいは片手間でできる。

結構な装備を手に入れたと言っていいだろう。

硬直のエストックを持ったミリアは、パーティーの戦力として、前衛の戦力として、十分に計算できる。

石化の武器は回避メインのロクサーヌよりミリアに持たせたいしな。

ベスタは両手剣だし。

ミリアにはさらに楽しみがある。

今は戦士Lv28だが、戦士Lv30になれば暗殺者のジョブに就くことができるだろう。

暗殺者には状態異常確率アップのスキルがあるので、状態異常である石化を起こす硬直のエストックとの相性はさらにいいはずだ。

そして、もう一人の前衛は、大柄で安定感のあるベスタ。

見ているだけで頼りがいがある。

態度や発言からはあまりそう思えないが、なにしろ大きいからな。

黙って立っているだけで結構威圧感がある。

大きいことはいいことだ。

「よし」

ベスタやロクサーヌが前線を安定させている間に、魔法でマーブリームを倒した。

この階層ではなんの問題もない。

「はい、です」

ただし、ミリアの目はマーブリームのドロップアイテムである白身に一途にロックオンされている。

キラキラとした純粋な目で、いや、食欲に濁ったギラギラとした目で白身を拾い上げ、俺に渡してきた。

迷宮の大変さよりも迷宮で得られる食材のほうが大事らしい。

「そうだな。今日はこのくらいにしておくか。夕食に焼いた白身でもいいな」

「はい、です」

「煮付けても美味しそうだ」

「はい、です！」

「フライにするのもいいかもしれん」

「はい、です！！」

「白身を渡すから、今日の夕食に何か一品作ってくれ」

「作る、です」

これでいいだろう。

迷宮で戦うことをミリアが不満に思うことはないはずだ。

少なくとも今は。

あとは、できる限りそれを長続きさせることだな。

迷宮を出てからは、快食、快楽、快眠だ。

真ん中のやつについて、ロクサーヌたち四人には不快や負担を与えている可能性はあるが、深く考えてはいけない。

いいじゃないか。

人間だもの。

すっきりとリフレッシュして、翌日また迷宮に入った。

「お。そこに扉があるな」

「通ったことはありませんね」

探索中に扉を見つける。

ロクサーヌが通ったことはないと言って、その扉を抜けた。

探索は基本的にロクサーヌ任せだ。

俺たちはついていくだけ。

「おおっと。ボス部屋か」

「そうですね」

ロクサーヌに続いて扉を抜けると、向こう側とこちら側に二つ扉がある小部屋だった。

待機部屋の特徴だ。

この向こうがボス部屋になる。

マーブリームのボスはブラックダイヤツナだ。

戦ったことがあるから、セリーによるブリーフィングはない。

デュランダルを装備して準備を整え、ボス部屋に入る。

ブラックダイヤツナに博徒の状態異常耐性ダウンをかけ、俺はマーブリームに向かう。

数を減らしたほうが楽だ。

「やった、です」

が、俺がマーブリームを倒すのとほぼ同じタイミングでミリアの石化が発動し、ブラックダイヤヤツナが落ちてボス戦が実質終了した。

数を減らすとはなんだったのか。

まあ、二十二階層のボス戦も問題はないということでいいだろう。

石化は延々と起きない可能性もあるが、ロクサーヌがボスの正面に立ちはだかる以上、大きな事故にはなるまい。

ここのボス戦は何回もする必要がある。

具体的にはレアドロップのトロが落ちるまで。

ミリアが満足してくれるまで。

この分なら大丈夫だろう。

「ええっと。ブラックダイヤヤツナには何度も挑むんですよね」

ボス部屋を抜けて二十三階層に出ると、セリーが尋ねてくる。

ちらりとミリアを確認すると、期待のこもった目で見ていた。

もちろんノーとは言えない。

「そうだな」

「では、ノルトセルムの迷宮の二十三階層は少々アレなので、すぐに二十二階層に行ったほうがいいと思います」

なんかアレらしい。

よく分からないが。

その場から、すぐに二十二階層へ移動する。

ボス部屋に一番近い小部屋だ。

ザビルの西の森の迷宮二十二階層は人なんかいないから、待機部屋にワープで行ってもよさそうな気がするが、そういう油断が死を招きかねない。

安全第一だ。

途中でマーブリームを倒せば尾頭付きが手に入るかもしれないし。

料理人はつけていないから、期待はしていない。

さて、トロが出るまで何周する必要があるか。

一周目は様子見で料理人をつけていなかったが、何周もかかるようなら、ジョブに料理人をセットすれば早く終わるだろう。

今回は別に早く終わらせるのが目的ではないから、料理人はいい。

あまり簡単にトロが出すぎてミリアに変な先入観を与えてしまうのもよくないし。

トロを出すのは大変なんだよ、ということにしておきたい。

じゃないと、これからも何度も求められる。
「とはいえ、さすがにちょっと出なさすぎか？」
あれから多分十周したのに、ブラックダイヤツナはトロをドロップしなかった。
一周か二周は漏れたりしているかもしれないが、それでも多いか。
「運がよければすぐに出ることもありますけど、別に悪いわけではないと思います」
「やる、です」
セリーとミリアから返答をもらう。
例えば十分の一の確率で落とすとしても、十回に一回必ず出るというものではない。
そこはセリーの言うとおりか。
とはいえ、そろそろ出してもいいころだろう。
トロを出すのは大変だとミリアに言い聞かせるのは無駄だと悟ったし。
そうなんだよ。
ミリアが求めるのは何もトロだけじゃない。ブラックダイヤツナとの戦いそのものが、
ミリアにとっては楽しいのだ。
坊主憎けりゃ袈裟(けさ)まで憎い。
ドロップアイテムが好物ならそれを残す魔物まで好物だ。
ブラックダイヤツナは完全に魚の魔物だし。それに、倒すまではできなくても、石化で

無力化させることはできる。

楽しくないはずがない。トロじゃなくても赤身を残すから、こっちも美味しいし。

十周しても嫌な顔一つしない。

やる気に満ちあふれている。

今後ともブラックダイヤツナとの戦いを求められることは確実だろう。

さっさと料理人をつけて終わらせるべきだった。

魔法使いをはずして料理人にし、次のボス戦に挑む。

ボス戦では魔法を使っていないから、魔法使いは必要じゃない。

マーブリームから尾頭付きを得るときには必要だけど。

いや。魔法を使う場合はスラッシュを使わないから、剣士が必要ないな。

どうとでもなるものだ。

今は魔法使いをはずして剣士をはずさずにいるので、剣士のスキルであるスラッシュで魔物をめった打ちにできる。

まあ、スラッシュを使わないでもそこまで戦闘時間が延びるわけでないだろうが。

戦闘時間が延びれば、ミリアが石化で片づけてくれる。

今回はスラッシュを使ったおかげか、ミリアの石化が発動する前にボスまで沈んだ。

そして煙となって消える。

「お」

「トロ、です」

ミリアが飛びついた。

かつてない速さで。

今までで一番速い動きだったな。どんな魔物の動きよりも速いかもしれない。

料理人をセットしたら一発だったか。

まあそこまでは偶然だろうが、たいしたものだ。

「よかったな」

「はい、です」

ミリアがトロと白身を渡してくる。

なにも両方持たなくても。

というか、マーブリームのドロップアイテムはいつの間に拾ったんだ?

まさかみんなでボスを囲んでいる間に抜け出して……。

いや。それはないか。

好物のブラックダイヤツナとの戦いをミリアがサボるとは考えにくい。

ロクサーヌが許さないだろうし。

ボスが倒れたあと、煙になって消えている間に確保したのだろう。

そして煙が消えてトロが残るとそっちにも飛びついたと。

確かに、どんな魔物の動きよりも速そうだ。

そういえば、ミリアにトロのブラヒム語を教えただろうか。

いつの間にか覚えていた。

さすがに魚関連の言葉は覚えるのが早い。

「これは明日の夕食にしよう。調理はミリアにまかせる」

「はい、です」

トロというのは、赤身と同じようなマグロのサクだ。赤身より淡い色をしている。迷宮にいるのでよく分からないが、太陽光の下なら大トロくらいのピンク色だろう。

うまそうだ。

ただし、刺し身にはしない。

そういう習慣はこの世界にはないようだ。

迷宮産の食材を生で食べていいのかどうかも分からないし。

コボルトソルトとかは生といえば生か？

まあいい。

危険なことはやめておこう。

君子危うきに近寄らず。
ミリアに、生でも食える、とささやいたらいきそうな気はするが。
それは人体実験だ。
やめておこう。
醤油もないのだし。
「ただこれ、一個で足りるか?」
別にそこまで大きなサクじゃない。
さらにこれを五人で割る。
コース料理の一品としてなら十分だが。
「……」
ミリアは無言だ。
足りるとは答えなかった。
足りないとは思っているがさすがにそこまで要求するのは、といったところだろうか。
昨日の白身とか、いつもは階層突破したときに出す尾頭付きとかも一個ではある。
ただし、それらはすでに何回も食卓に上っている。
トロは今回が初めてだからミリアもたくさん食べたいのではないだろうか。
俺だって食べてみたいから、ミリアに食べつくされるのは嫌だし。

「やはり二個あったほうがいいよな」

「そうですね。そうしていただけるなら」

代表してロクサーヌが答えた。

ロクサーヌたちも量は減らされたくないと見える。

「この際だからあと何周かしてもいいだろう。行こうか」

一度二十三階層へ抜けたあと、フィールドウォークですぐに戻る。

ボス戦の繰り返しだ。

ボスであるブラックダイヤツナに状態異常耐性ダウンをかけて、俺自身はお付きで出てくる雑魚（ざこ）の魔物のほうに挑んでいく。

逃げているわけではない。

作戦だ。

削れるほう、弱いほうから削っていく。

戦いにおいて当然の作戦だろう。

今回出てきたのはマーブリーム。

正面はベスタが取るので、俺はこそこそと後ろからデュランダルで斬りつけた。

卑怯（ひきょう）ではない。

作戦だ。

頼れる前衛が前で体を張り、後衛の俺は後ろから行く。

戦闘における当然の心得だろう。

ベスタは俺たちのパーティーのメイン盾なのだ。

魔物の攻撃は正面のベスタに集中するので、俺は安心して攻撃に集中できる。せいぜい尾びれの動きに注意していればいい。

マーブリームはときどき尾びれで払ってくることがあるんだよな。

卑怯なやつだ。

汚いなさすが魔物きたない。

マーブリームをラッシュで叩いていると、後ろで音がした。

「やった、です」

何ごとかと思ったら、ブラックダイヤツナが石化して床に落ちたのか。

マーブリームを倒す前に石化したらしい。

こうなると俺はボスと戦わなくていい。

卑怯ではない。

作戦だ。

石化すれば一撃で無力化できるのだから、より強いボスに当てるのは当然だろう。

「そちらへ行きます」

「いや。大丈夫だ」
ボスを無力化したのでロクサーヌたちがこちらに来ようとしてくれるが、止める。
ボスではない普通の敵にそこまで時間はかからない。
俺の次の攻撃で、マーブリームは倒れた。
石化したブラックダイヤツナのところに移動する。
「尾頭付き、です」
マーブリームは尾頭付きを残したようだ。
その引きはボスに取っておいてほしかった。
「そっちで出たか」
まあいいや。こっちもがんばろう。
ボスマグロの真上からデュランダルを押し当てる。
石化していると本当にマグロだな。身動き一つしない。
そんなのの相手は嫌だ。
小刻みにピストンしてそのマグロを突いた。
何度も上下させ、激しく突く。
強く。激しく。
情熱のほとばしるままに。

ええか。
ええのんか。
やはりマグロは駄目だな。
答えやしない。
ピストン運動とは、相手とのコミュニケーションなのだ。
おっと。
無心に突いていたら、デュランダルが床を叩いた。
倒したか。
どこが無心なのかという気もするが、無心だ。
無念無想、無欲無我だ。
やましい下心などはこれっぽっちもなかった、はず。
煙が消えて、アイテムが残る。
「トロ、です」
ミリアが素早く飛びついた。
尾頭付きとトロを両方持ってくる。
さっき白身とトロでも両方持ってきたのに、これを逃すはずはないな。
受け取ってアイテムボックスに入れる。

今回は続けてトロが残った。

ボス戦の周回も終わりか。

ミリアには名残惜しいだろうが、今はトロを手に入れてうれしそうだ。

うれしがっているうちにこの迷宮から立ち去るのがいいだろう。

「よし。これで明日の夕食は万全だな」

「やった、です」

あれ？

ミリアを喜ばせようと声をかけたら、変な回答が返ってきた。

なんか通じてないな。

と思ったら、ミリアが小走りで移動する。

「どうした？」

「魔結晶、です」

魔結晶ができていたらしい。

それで取りに行ったのか。

あれは、俺たちの中ではミリアでないとなかなか見つけられないからな。

魚貯金は重要だ。

ザビルの西の森の迷宮二十二階層は人気がないから、拾う人もいなかったのだろう。

あるいは、俺たちがボス戦を繰り返すことで魔結晶ができたのなら、ここでできていてよかったと言える。

一つずれていたら次のパーティーに譲るとこだった。

俺たちはここを出ていくのだから。

「ミリア、よくやった。それで、時間はまだ大丈夫か？」

「そうですね。もう日が昇ったころだと思います」

「じゃあここまでにしておくか。朝食のあとでクーラタルの迷宮に入る」

「分かりました」

ロクサーヌに時間を尋ね、探索を終了した。

迷宮から冒険者ギルドの壁にワープする。

食材を買って帰り、朝食を取った。

食事のあと、地図を持ってクーラタルの二十二階層に入る。

「人は多そうかな。どうだ？」

「いないわけではありませんが、そこまで多くないですね。十分狩りになると思います」

「まあ、ここの階層で問題になるのはボス部屋か」

クーラタル二十二階層のボスはオイスターシェルだ。ボレーをドロップする。

ベスタにボレーが必要なことを考えると、ここには何度も来ることになるだろう。

問題はボス部屋でどれくらい待たされるかだ。

待機部屋にいつも人がいるような状況なら、セリーに頼んでどこか探してもらったほうがいいかもしれない。

ここが使えるなら、ベスタのためにクーラタルでボス戦をするのと、ミリアのためにザビルの西の森の迷宮でボス戦をするのと、どっちも二十二階層になる。

経験値的に、上の階層で出てくるLv22の魔物のほうがおいしいだろうから、これでいい。

セリーに探してもらうのは、クラムシェルが二十二階層の魔物である迷宮だな。

ロクサーヌの案内でボス部屋へと進んだ。

待機部屋に入ってみるが、誰もいない。

デュランダルを出す間にボス部屋への扉が開いたから、戦闘中でもなかったようだ。

ボス部屋へと向かう。

これなら十分いけそうか。

いや。

考えてみたら、ボレーを取るためになら別に昼間に来る必要はない。

早朝、人が少ない時間に来ればいい。

昼間のボス部屋に人が多いかなど、憂慮する必要はまったくなかったじゃん。

二十一階層までだって早朝ならそんなに人がいないことは今までの経験で分かっている

のだから、二十二階層だけが混んでいるなどということはまずない。

危惧（きぐ）する必要はまったくなかった。

俺は何を心配してたんだろう。

というか、問題になるのはボス部屋か、という発言に誰も突っ込んではこなかったが、意思の疎通がまったくできていなかったということだろうか。

落ち込むわぁ。

この鬱積（うっせき）はボスで晴らそう。

オイスターシェルに状態異常耐性ダウンをかけ、今回現れたラブシュラブを血祭りに上げる。次はボスだ。

今宵（こよい）のデュランダルは血に飢えている。

「やった、です」

と思ったら、ミリアが石化してしまった。

運のいい魔物め。

デュランダルで嬲（なぶ）り殺される結果は変わらないが。

オイスターシェルは、元々貝殻なので石化してもよく分からない。

動かないだけで。

動かないので、めった切りにして片づける。

早々に煙となって消えた。

「それはベスタが持っておいてくれ」

「分かりました。ありがとうございます」

残ったのはボレーだ。料理人もつけなかったし、牡蠣は残さなかった。一個だけ残されても困る。

「ボレーは足りてるか？」

「はい。まだまだ大量にあります」

「じゃあ別に周回はしなくてもいいか」

「大丈夫だと思います」

ベスタはまだボレーのストックを持っているようだ。

ボレーが足りなくなったとき、遠慮してぎりぎりまで我慢する可能性があるからな。最初のうちだけでも多少は気を使ってやる必要があるだろう。

「そうですね。周回は必要ないでしょう」

なぜかロクサーヌが話に乗ってきた。

「そうみたいだな」

「今回はたまたま人がいませんでしたが、何回もボス戦を繰り返せば、人がいて待つことになるかもしれませんし」

あー。なるほど。

俺がボス部屋の混雑具合を気にしていたのを、クーラタルの二十二階層でボス戦を繰り返すからだと思ったわけか。

だから別に不思議には思わなかったと。

そしてロクサーヌとしては上の階層で戦いたいと。

頼もしい限りだと評価すべきなのか。

「そうですね、私たちはまだ迷宮に入るようになって少ししかたっていません。こんなに早く二十三階層に挑んだという話は普通の庶民では聞いたことがありません。一階層から十一階層は初心者向け、十二階層から二十二階層までも初心者に毛が生えたくらいの人でなんとかなりますが、二十三階層からはさすがに中級者向けの階層になります。二十二階層のボス戦を何度も行うのも手だとは思いますが、実際それほど苦戦はしていないので、ここは二十三階層へ行ってもいいのではないかと思います」

ちょっとどうしようかとセリーを見たら、長々と自説を開示してくれた。

セリーもクーラタルの二十二階層でボス戦を繰り返すと思ったと。

そんなこと考えもしなかったよ。

「やる、です」

「大丈夫だと思います」

　こちらの二人もそんなことは考えなかったに違いない。

「そうだな。二十三階層でいいよな」

　俺もそんなことは考えていなかったが、考えたことにしておこう。

「クーラタル二十三階層の魔物はグミスライムです。火魔法と風魔法と水魔法が弱点で、耐性のある属性はありません。土属性の魔法を使ってきますが、土属性に耐性があるわけでもないようです」

　素知らぬ顔で、セリーからブリーフィングを受けた。

「グミスライムか。懐かしいな」

「戦ったことがおありならご存知だと思いますが、剣や槍で攻撃してもなかなか攻撃が通りません。人に取りついた場合、魔法以外で下手に攻撃すると取りつかれた人がダメージを受けてしまいます」

「溶かしてしまうのだったか」

「完全に取りつかれるとそうなります。消化される前に倒さなければなりません」

　グミスライムはまだこの世界に来たばかりのころ戦ったことがある。

　デュランダルで一太刀だったが。

　改めて聞くと厄介そうな魔物だ。二十三階層に出てくるならLv23だから、強くなっているだろうし。

「一階層の魔物じゃなくても地上に出ることがあるんだな」

「一階層の魔物が地上に現れるのは人里近くの迷宮ですね。周りに人も多くいますから、出現位置からさほど動かず、積極的に人を襲ってくることもあまりありません。人が少ないところの迷宮では十二階層の魔物が外に出てきます。さらに奥地にある迷宮では二十三階層の魔物が地上に現れます。エサを求めて長い距離を移動し、積極的に人を襲います」

「ほお」

そんなことになっているのか。

迷宮ができて人が住めなくなるのは分かるが、じゃあ人が住めなくなったところに残った迷宮は何をエサにするのか、ということだよな。

残った迷宮はより強い魔物を地上に送り出し、移動して人を襲わせると。

ベイルの近くにいたグミスライムも、どこか遠くから来たのだろう。

珍しくはない感じだったから、ルートでも決まっているのか。

迷惑な話だ。

「あと、二十三階層から上の魔物は全体攻撃魔法を使ってくることがあります。回避できませんから大変です。一撃で死ぬことはない、と思いたいです」

セリーが不気味なご託宣を告げた。

全体攻撃魔法か。

こっちが使うファイヤーストームなども必中だし、魔物が使うのもそうなんだろう。ロクサーヌでも回避できない。

恐ろしい。

二十三階層から中級者向けとはこういう意味だったのか。

この階層からは、下手をすればノーガードでの撃ち合いになる。

「大丈夫か？」

「ご主人様なら問題のあるはずがありません」

「心配は心配ですが、先ほども言ったとおり、二十二階層のボス相手でもそれほど苦戦していないのは確かです」

「やる、です」

「大丈夫だと思います」

セリーが言うなら大丈夫か。

さすがに一撃で死ぬことはないだろう。

ないよな？

もしそんな可能性があるなら、もっといろいろと警告されているはずだ。

セリーだけでなく、ギルドなどでも注意を呼びかけるだろう。あるいは、二十二階層と二十三階層の死亡率の差が叫ばれてもいい。

思いたいとは、セリーが和(なご)ませようとして言ったに違いない。

俺が受けた感じでは、二十二階層の魔物の打撃は致命的ということもなかった。さすがに一階層上がっただけで一撃で死ぬほどになるとは思えない。物理攻撃と全体攻撃魔法との違いはあるとしても、

二十二階層では大丈夫だったのに二十三階層の全体攻撃魔法だと一撃死するようでは、二十三階層は死屍累々(ししるいるい)ということになるだろう。

死亡率はえらいことになるはずだ。

これは、デュランダルを出してMPを回復するときにちょくちょく攻撃を浴びている俺だから分かることだ。

悪かったな。

「まあ、行ってみて厳しかったら戻ってくればいい。最悪の場合でも身代わりのミサンガがある。一撃でやられることはないはずだ。どっちにしろ行って戦ってみなければ始まらない。どれだけ二十二階層で余分な時間をかけたところで、最初はあるのだし」

「そうですね。身代わりのミサンガがあるから、最悪一撃は耐えられますね。二十三階層で全体攻撃魔法を連発されることはあまりないでしょう。絶対とは言えませんが。迷宮に入るようになってからこんなに早く二十三階層に入ったという話は、本当に聞いたことがありません。一応、竜騎士がいるパーティーは安定度が増すと言われています。ベスタも

この間から迷宮に入るようになったばかりだとはいえ」

セリーはこちらを安心させたいのか不安がらせたいのかはっきりしてくれ。

まあ、普通の人の場合、二十三階層に上がるまでには何年も修業するのだろう。

俺たちには獲得経験値二十倍の恩恵がある。その分早いのは問題ない。

ベスタだって、もう竜騎士Lv28に達している。

迷宮に入るようになってまだ半月だから、ベスタはもう少し危機意識を持ってもいいと思うが。

ただ、ベスタも二十二階層で魔物の攻撃を浴びている。

あのときもケロッとしていた。

だから二十三階層でも大丈夫だと判断しているのだろう。

「じゃあ行くぞ。ロクサーヌ、グミスライムの匂いが分かるか」

「遭遇したことはありませんが、嗅いだことのない匂いがあります。多分それですね」

「近くに戦えそうなのがいるか？　数の少ないところで」

「一番近くにいるのは嗅いだことのない匂いだけの群れですが、数は少し多そうです。向こう側のほうがいいですね」

さすがロクサーヌは役に立つ。

全体攻撃魔法を使ってくるようだし、最初から数の多いところは危険だろう。

グミスライム五匹の団体で全部がいきなり全体攻撃魔法を撃ってくるとか。

目も当てられん。

セリーが少しはキャンセルしてくれるだろうが、全部は無理だろう。

スキルを連発されてキャンセルが間に合わなかったこともあったし。

かなり酷いことになる。

想像するだに恐ろしい。

とにかく、いきなり五匹は避けるべきだ。

寿命がストレスでマッハになってしまう。

「ありがとう、ロクサーヌ。じゃあ向こうに行ってみよう」

ロクサーヌの案内で進んだ。

道中、博徒をはずして錬金術師をつける。全員にメッキを施した。

万が一の用心だ。

こうしておけば万が一もない。

「魔物に出会ったとき、これまでのように待ち受けるのではなく、走って近づいたほうがいいと思います」

「ん？　ああ、そうか」

「これがありますから」

セリーが強権の鋼鉄槍を示してアドバイスをくれる。

敵が全体攻撃魔法を撃とうとしてもセリーが槍を突けばキャンセルすることができる。そのためには槍の届く間合いに魔物を近づけねばならない。

今までのように待ち受けるのではなく、こちらからも走って近寄るべきということか。

「そうだな。それでも、一発は受けてみるつもりだ。あまり早くでなかったらキャンセルしなくてもいい」

「分かりました。ただ、全体攻撃魔法か単体攻撃魔法かの区別はつきません。二十三階層くらいでは単体攻撃魔法を撃ってくることのほうが多いと思います。全体攻撃魔法と単体攻撃魔法で威力は変わらないと思いますが、全体攻撃魔法を受けて全員の回復が間に合うかどうかのテストは難しいでしょう」

いつまでもおびえているわけにはいかないし、一度は全体攻撃魔法を受けてみたほうがいいのだろうが、それも難しいのか。

一応、希望だけはセリーに伝えておいた。

どうなるかは相手次第だ。一発受けるつもりが連発を食らったのでは目も当てられないし。セリーなら適切に判断するだろう。

受けるなら駆け寄らなくてもいいのでは、と思ったが、待っている間に二発めを撃ってくる可能性もある。

その前に接近しておいたほうがいい。

魔物が現れた。

グミスライム一匹とクラムシェル一匹だ。

さすがはロクサーヌ。

こちらの要求に近い。ほぼ望みどおりの団体だ。二十三階層まで来ると、グミスライム一匹なんていうことはなかなかない。

四人が走り出す。

俺はサンドストームを撃った。

土属性はクラムシェルの弱点だ。

ここはお試しでグミスライムと戦う。クラムシェルを先に倒せばいいだろう。

グミスライムは弱点属性が多いのに、土魔法だけが弱点ではない。

クーラタル二十二階層の魔物であるクラムシェルもクーラタル二十一階層の魔物であるケトルマーメイドも弱点は土魔法だ。

クーラタルの二十三階層はあまりいい狩場ではないようだ。

土魔法を撃ったら、俺も追いかける。

砂嵐が治まったら、立ち止まって魔法を撃つ。さすがに走りながら魔法を放つのは難しい。精神を集中しないといけないし。

撃って、そしてまた走り出す。

ロクサーヌたちは、全体攻撃魔法を撃たれる前に魔物にぶつかった。

グミスライムは懐かしいゲル状の魔物だ。確かにあんなんだった。

ロクサーヌがその正面に立ち、ミリアが横から斬りつける。

クラムシェルはベスタが相手をした。

セリーは、二匹の魔物のやや後ろに立って、グミスライムに槍を突き入れている。

今回はお試しでグミスライムなのだが、これでいいのか？

まずクラムシェルを集中して倒し、グミスライムはあとからゆっくり戦って、戦闘力などを評価すべきでは。

いや。そうでもないか。

本当ならグミスライム一匹と戦いたかったところだ。

グミスライム一匹が相手なら、全員で囲むことになる。ミリアやセリーもグミスライムに張りつく。

今回はクラムシェルが余分にいるだけだ。余分にいるだけだから、余分なクラムシェルに必要最低限である一人だけを割り当てる。

なるほど。こっちのほうが正しいような気がしてきた。

つまり、クラムシェルを先に倒してしまおうと土属性のサンドストームを使っている俺が間違いだ、ということになる。

　クラムシェルが先に倒れる。

「やった、です」

　ほぼ同時に、グミスライムも石化した。

　ぼよんぼよんの体が重力に逆らったまま停止した変な形で。

　確かに石化している。

　どっちが先にとか、あんまり関係なかったな。

　二十三階層以降の魔物であるグミスライムにも石化はちゃんと有効だ、と分かっただけでよしとしよう。

　まだ一回だけだとはいえ。

　二十二階層でマーブリームを弱点の土魔法で攻撃しているときにも、マーブリームを倒す前に石化できたり、できなかったりしたのだから、こんなものだろう。

「確かに、槍で突いてもあまり効いてない感じでした」

「グミスライムに対しては、私とベスタはあまり攻撃せず、防御と回避に専念したほうがいいでしょう」

「そうですね。それで大丈夫だと思います」

　俺が石化した魔物を片づけている間、みんなは作戦会議をしていた。

ロクサーヌの提案にベスタがうなずいている。

ロクサーヌなら回避に専念しなくても回避できそうだが。

前衛陣のうち、ロクサーヌとベスタは攻撃なし。

ミリアは、硬直のエストックがあるので攻撃してもらったほうがいい。ダメージがそれほど通らなくてもスキルは通ることは今回証明されたし。

作戦会議を聞いている間にグミスライムが煙となって消える。

スライムスターチが残った。

「スターチ、です」

ミリアが拾ってくれる。

てんぷらやから揚げにするとき使うから、名前を覚えているのだろう。

魚が絡むと強い。

以前も残ったし、今回も残ったところを見ると、レアドロップではないのか。

「組み合わせはよくないが、この階層でも戦えそうか」

「そうですね。あの程度では問題にもなりません」

「結果からみれば楽勝でしたね」

「やる、です」

「大丈夫だと思います」

これ、確認する意味があったのだろうか。

とはいえ、一応は階層が上がったのだから、みんなの意見も聞くべきだろう。

一階層ずつ上がっていったときに、誰かがつらくなる階層を見つけてくれたら、それが一番安全だ。

別にその一つ下の階層で鍛錬を行えばいいのだから、なんの問題にもならない。

どこかで必ず俺たちが戦えなくなる階層がある。

そんな階層に足を踏み入れたくはない。

その前に危険を察知することが肝心なのだ。

ぶっちゃけ、ロクサーヌが最初に弱音を吐くところは想像できない。それでも、誰かが無理をしていると気づいてくれる可能性もなくはない。

期待はしている。

ミリアとベスタは、少しは弱音を吐きそうな気がしていたが、今はそんな印象はない。

絶対、考えてはなさそうだ。

しかし、考えるな、感じるんだ、の精神で危機をつかむかもしれない。

期待はしていないが。

頼りにしているのはセリーだ。

セリーなら、きちんと判断してくれるだろう。

そのセリーが楽勝だというくらいだから、二十三階層も問題はない。

「じゃあ、今日のところはクーラタルの二十三階層で戦うことでいいな。ここは組み合わせがあまりよくないが」

「では、ボス部屋はこっちですね」

「え？」

おい待て。

「クーラタルの二十三階層でボス戦をするということですよね？」

どうしてそういう話になる。

何を。どうすれば。

ロクサーヌの思考回路についていけない。

「確かに、ここは組み合わせがよくないですからね。グミスライムは弱点属性がいっぱいあるのに土属性だけは弱点じゃなくて、グミスライムの次に多く出てくるクラムシェルとその次に多く出てくるケトルマーメイドは土属性が弱点だなんて」

説明してくれなくてもそんなことは分かってるんだよとセリーには言いたい。

問題はなぜボス戦をするのかということだ。

雑魚戦は組み合わせが面倒だから？

いやいや。

「それはそうかもしれないが」

「まあ、いきなりボス戦に行くのは反対です。もう少し戦ってみて、問題ないことを確認してからでよいのではないでしょうか」

「そうだよな」

さすがはセリー。

合理的な判断。

これが冷徹な戦士の思考というものだよ、ロクサーヌ君。

「そうですね。ちょうど向こうに、グミスライムがたくさんいる団体がいます。行ってみましょう」

ロクサーヌが進みだした。

あれぇ。

なんかうまく乗せられたような気がする。

ここは徐々に数を増やしてだな。

いや。今までだって別に徐々に魔物の数を増やすなんていうことはやっていない。

考えすぎか。

でも二十三階層からの魔物は一段強くなって、全体攻撃魔法も使ってくるという話だ。

ここは徐々に増やしていってもいいのではないだろうか。

まあそんな都合よく相手が見つかるはずもない。

これでいい、のだろうか。

いろいろ悩みながらロクサーヌについていくと、グミスライムの団体が現れた。

五匹いる。

全部グミスライムだ。

五匹いて全部二十三階層の魔物とか。

ロクサーヌは鬼か。

悪魔か。

激ムズじゃないか。

いや、まあたまたまだろうけど。

たまたまだよな？

二十三階層からの魔物は一段強くなっているということをロクサーヌにおかれてはぜひとも認識してほしい。

四人が走り出し、俺はファイヤーストームを発動させる。

続いてもう一発。

なんで火魔法かというと、終わりが分かりやすいからだ。

ファイヤーストームを発動中は火の粉がちらちらと舞うので、魔法が終息したときすぐに分かる。

だから次がすぐに撃てる。

ブリーズストームだとこうはいかない。

あれは基本目に見えないからな。

まあ、ロスがあったとしてもせいぜいコンマ何秒かの違いだと思うが。

それでも少しは違うはずだ。

火の粉が見えるので魔法を行使している実感が湧くとか、そういう中二っぽい理由では断じてない。

否。断じて否。

グミスライムは、前衛に三匹、二匹が後ろに回った。

後衛に回れば、魔法を使ってくるだろう。

五匹全部グミスライムとか選ぶから。

まあ、こちらの前衛陣が一対一で戦うなら安泰か。

あ。一匹は遅れて前に入ってきた。

一対一では無理だと魔物も思ったのかもしれない。

それはないか。

俺も魔法を放ちながら、前に追いつく。

おっと。後ろに回ったグミスライムの下に、魔法陣が。

「来ます」

と思ったら、土の塊がロクサーヌの横を抜けていった。

単体攻撃魔法かよ。

二十三階層で初めての魔法だったから受けてみる手はあると思ったが、連発される危険もあるから、よけて当然か。

だから五匹全部はやめておけと。

結局、後ろに回ったグミスライムは次にも単体攻撃魔法を放ってきたが、誰にも当たることなく、戦闘は終了した。

「全体攻撃魔法は撃ってこなかったな」

「階層が上がれば上がるほど使ってくるそうですからね。二十三階層からバカスカ撃たれたのではたまりません」

「そういうもんか」

セリーは冷静だな。

テストという意味では惜しかったが、使ってこないのならそれもまたよしか。

グミスライムから全体攻撃魔法を受けるまで二十三階層で粘る、なんて言ったらロクサーヌがどう思うか。

「グミスライムが五匹でも、全体攻撃魔法を撃ってこなければ苦戦しませんでしたね」

これだからな。

ボス部屋へ行く気満々だろう。

「あー。そういえばハルツ公領の迷宮にも行く約束はしているんだよな。向こうの迷宮における二十三階層の魔物の組み合わせも見ておくべきではないか？」

「では、今度調べておきますね。ですが、せっかくなのでもうしばらく離れていてもよいのではないですか」

セリーが逃げ道をふさいでくる。

せっかくの逃げ道なのに。

というか、ハルツ公領の迷宮から離れていたいとか、俺が明言したことがあったか？

おかしい。

そんなことはセリーたちに言っていないはずだ。

確かに思ってはいるが。

そんなに分かりやすかったのだろうか。

主人の胸中を忖度しすぎることはよくない。

漢中で苦戦した曹操が鶏肋と発言したとき、ニワトリのあばらには肉が少ない、漢中はうまみが少ないから撤退する意味だ、と勝手に解釈して撤退準備を始めた楊脩は処刑されているのだぞ。

「ああ、そうだな。ただ、ターレのほうは調べなくていいや。ボーデだけでいい」

「いいんですか？」

「あそこにはあんまりいい思い出がないからな」

ターレに行ったとき、あそこの住人は態度が尊大だった。

慈善事業でやっているわけではないから、あんなところの迷宮に入ることはない。

なにかトラブルになる可能性もある。

ハルツ公爵には世話になっているし、頼まれている以上、公領内の迷宮に入らなくてはならないだろうが、ターレである必要はない。

「確かにそうでしたね」

ロクサーヌが賛同してくる。

そういえば、ターレに行ったときはロクサーヌが一緒でセリーはいなかったか。

敵に塩を送ってしまったか。

「今すぐボーデに戻る必要はないが、多分そのうち行くことになる。調べておいてくれ」

「分かりました」

違う迷宮に行く作戦は失敗だ。

「ま、もう少し二十三階層で戦ってみよう」

「はい。次はこっちですね」

あら。意外に素直にロクサーヌがうなずいたな。

「頼む」

ロクサーヌに案内されて進んだ。

次に現れたのは、グミスライムが三匹、クラムシェルとケトルマーメイドが一匹ずつという団体だ。

つまり合計五匹。

こいつらを見つけたから、戦いたくて素直に従ったのか。

四人が走り出し、俺はブリーズストームで迎え撃つ。

クラムシェルは火属性に耐性があるから、ファイヤーストームは使えない。

今回はグミスライムが三匹だが、グミスライムのほうが数が少なくても二対三くらいならグミスライムの弱点属性を狙っていくべきだろうな。

全体攻撃魔法を受けないために。

風魔法で対抗している間に、前衛陣と魔物がぶつかった。

後ろに回ったのはグミスライム一匹だ。

「ミリアがあれを」

「はい」

前に来たグミスライム二匹のうち一匹をミリアが相手にする。

石化の可能性があるからな。

なるべく強い魔物から無力化したい。

「来ます」

ロクサーヌの横を土魔法が通過した。

後ろに回ったのに、今回も全体攻撃魔法ではなかったようだ。

「やった、です」

「少し下がりましょう」

俺が追いつくと同時に、ミリアが一匹石化させた。

あわてて少し下がる。

こちらが下がると、魔物たちが前進した。

石化したグミスライムが後ろに置き去られ、空いたスペースに後ろに回ったグミスライムが突っ込んでくる。

これで向こうも全部が前衛。

まあ今は全体攻撃魔法を試しに受けようとしている状況だから、後衛に残って撃ってきてくれてもいいが。

戦っていればそのうち嫌でも浴びるだろうから、わざわざ隙を見せることもない。

セリーが油断なく槍をかまえ、俺はブリーズストームを追加した。

ベスタは、正面に来たケトルマーメイドに両手剣二本をぶち込んでいる。グミスライムじゃないから遠慮なく攻撃しているらしい。

ビッタンビッタン叩き込まれて魔物が不憫に思えてくる。

グミスライムのほうは、あ、後ろに残された石化したスライムが煙になった。

風に紛れて消えていく。

ほぼ同時に前衛のグミスライムがぶるぶると大きく揺れ、ロクサーヌに襲いかかった。

ロクサーヌがスウェーしてかわす。

直後の風魔法で、魔物たちが一掃された。

「ロクサーヌさん、今、グミスライムが取りつこうとしていませんでしたか？」

「そのようですね」

戦闘が終わったのでセリーがロクサーヌに問いかけている。

さっき、大きく揺れていたのがそれなんだろう。

ああやって取りつくのか。

「取りつかれないように気をつけねばな。グミスライムと戦い続けてよかっただろう」

「いいえ、準備動作が大きすぎます。よそ見でもしていなければあの攻撃を食らうことはないでしょう」

それはロクサーヌだからでは。
「そ、そうか。ミリアとベスタも、一応気をつけろよ」
「やる、です」
「大丈夫だと思います」
こいつら二人もロクサーヌに毒されすぎじゃないか？
確かにぶるぶると震えてたから、見れば分かるのかもしれないが。
スライムスターチを持ってきたミリアとベスタに聞いてみても、反応は薄かった。
俺？
俺が前に出るときはデュランダルを装備しているので、相討ち上等だから。
取り込まれようがなにされようが、デュランダルを振り回しつつ向こうの体力を削って
同時にこっちを回復していけば、勝てる。
取り込まれて動けなくなったりしたらあれだが、そこまでの攻撃ではないと思う。
グリーンキャタピラーの糸を浴びた程度だろう。二十三階層の魔物だから、あれよりも
もうちょっと強力で、動きにくいのだろうとはいえ。
俺がロクサーヌに毒されているか？
でもなあ。
デュランダルがあれば同時に回復しながらの戦いができることは事実だ。

めったなことでは負けんよ。

「次は、あまり手ごたえのある相手はいないので、ボス部屋に近づいておきましょう」

ロクサーヌがきびすを返した。

次の魔物のところへと案内する。

ボス部屋へ行くことは諦めていないらしい。

グミスライムに慣れたら、すぐにボス部屋に入るつもりだ。

最悪、このまままっすぐボス部屋に向かって、あらこんなところにボス部屋が、とか言い出す可能性もなきにしもあらず。

地図をロクサーヌに持たせているのが失敗だった。

なんとかに刃物、ロクサーヌに迷宮地図。

「お」

現れたのはグミスライムとクラムシェルが一匹ずつだった。

確かに少ないな。

いや。少ないと感じるのもロクサーヌに毒されているか？

うーん。考えてみれば、違うな。

数が多い団体を狙えとは元から指示していた。どうせ全体攻撃魔法で蹴散らすのなら、魔物の数は多いほうがいい。

だから、この数が少ないと感じてもロクサーヌに毒されているわけじゃない。

問題はなかった。

二匹なので、こちらの前衛陣はロクサーヌとベスタが相手をする。

ロクサーヌがグミスライム、ベスタがクラムシェルの正面に立った。

グミスライムがいくら攻撃を仕掛けようと、正面からではロクサーヌに当てられる道理もない。気配もない。

いや。気配はあるか。

なにしろロクサーヌは紙一重のところでかわすからな。

何も知らない人が見れば、あと少しで当たりそうに見えるだろう。それがロクサーヌが魔物に仕掛けた罠だとも気づかずに。

ベスタも、クラムシェルの攻撃を跳ね返している。今のは両手剣二本で弾いて吹き飛ばしたな。大柄で力強いベスタならではの受けだ。

そして、グミスライムの裏に回ったミリアが硬直のエストックを叩きつけている。

石化も時間の問題だろう。

ウォーターストームじゃなくてサンドストームを使うべきだったか。

まあ、石化は発動するかどうか分からない。実際に無力化できるまでは、クラムシェルの弱点である土属性でなく、グミスライムの弱点である水魔法を使うべきだろう。

「やった、です」

しかしやってしまった。

起きるかどうか分からない石化が発動した。

あんだけバカスカ叩きつけていればな。

ここでサンドストームに切り替える。

切り替えてほどなく、クラムシェルも倒れた。

「うーん。はじめ水魔法を使ったのは、間違いじゃないよな？」

「そうですね。強い魔物との戦闘時間を減らすようにするのが当然だと思います」

グミスライムも片づけてからセリーに確認してみるも、賛同が返ってくる。

なら大丈夫か。

合理的なセリーがこれでいいと言うなら、これでいいのだろう。確実とはいえないものに頼るべきではない。

「では、次を頼む」

「はい。ちょうどいいところに、数の多そうな相手がいますね」

「今度はそっち側か」

ロクサーヌの先導で進むと、グミスライム三匹にケトルマーメイド一匹の団体だった。

ファイヤーストームで迎え撃つ。

ケトルマーメイドが耐性を持つのは水属性だから、火属性に耐性のあるクラムシェルと違ってファイヤーストームを使えるのがいいね。

気分の問題のような気もするけど。

四匹が横一列になってロクサーヌたちと対峙した。

相手が四匹になっても、こちらの前衛陣にゆらぎは見られない。

ミリアが硬直のエストックを振り回せないくらいか。

順調に魔物たちを追いつめていく。

あ。グミスライムの下に魔法陣が浮かんだ。

「キャンセルしなくていいです」

「はい」

セリーがキャンセルしようとしたのを、ロクサーヌが止める。

受けてみるつもりか。

そろそろ終わりそうだし、いいのか。

魔法陣が消え、グミスライムが土球を打ち出す。

単体攻撃魔法かよ。

まだまだ、全体攻撃魔法はお目にかかれないようだ。

ロクサーヌがあっさりよけ……ずに、土の球を受けた。

なんで?

「あまりたいしたことはないようです、ねっと」

わざと受けたらしい。

続くグミスライムの攻撃は、軽くかわしている。

魔法を重ね、すべての魔物を倒した。

「大丈夫だったか?」

「問題ありませんね。この程度なら手当ても必要ないくらいです」

手当てをしながら尋ねると、ロクサーヌが答える。

大丈夫なのか。

手当て一回で切り上げても、本当になんともないようだった。

「そうか」

「なんでもないことが分かったので、ボス戦に切り替えていいかと思います」

魔法をわざと受けたのはそれが狙いだったのか。

グミスライムの魔法なんてどうせたいしたことないし、実際なかったでしょと。

待て。それならば魔法は衝撃的だったけどボス戦に行くためにやせ我慢している可能性は……あんまりなさそうだな。

けろりとしているから、本当にたいしたことはなかったのだろう。

それに、いつまでも全体攻撃魔法を撃ってくるのを待つわけにはいかないし。

「問題は全体攻撃魔法との違いだが、大丈夫だと思うか？」

「少なくとも一撃でやられる心配はなくなったと見ていいでしょう。最悪のケースを想定しても、何発かは耐えられるはずです。そんなに頻繁に魔法を使ってくることもないようですし。二十三階層ではほぼなんの問題もなく、上の階層でも戦えるめどが立ったと考えてよいかと思います」

救いをセリーに求めたが、セリーはロクサーヌによる評価に信を置いているようだ。

セリーが大丈夫と言うのなら大丈夫か。

魔法使いの場合は、単体攻撃魔法と全体攻撃魔法で威力の違いはほぼない。魔物も一緒だろうか。

単体攻撃魔法をロクサーヌがわざと受けてくれたが、どう判断すればいいものか。

魔物だから何種類か魔法を持っている可能性もある。

今までの魔物はそんなことはなかったが。

グミスライムは、少なくとも単体攻撃魔法と全体攻撃魔法の二種類は持っている。

全体攻撃魔法は、必中で、全部の敵に攻撃できる。

その上で威力まで高いとなったら、反則だよな。

単体攻撃魔法と全体攻撃魔法の威力に大差はないと考えてもいいのだろう。

おまけに、グミスライムはなかなか全体攻撃魔法を使ってこないしな。

ここまで一回も使ってきていない。

二十三階層はオッケーということだろう。

「しかし、グミスライムとはまだ魔法でしか戦っていない。一度剣で戦ってみよう。ボス戦に行くのはそれからだ」

「それもそうですね。分かりました」

ロクサーヌは理を尽くせば分かってくれるのだ。

理を尽くしたというか、一戦増えるだけだが。

「数の少ないところ、いや、グミスライムが二匹以上いるところがいいな。頼めるか」

「ちょうどボス部屋をはさんで向こう側にいますね」

ロクサーヌに案内してもらった。

グミスライムが二匹とクラムシェルが一匹の団体と戦う。

なぜグミスライムが二匹かというと……。

「やった、です」

こんなこともあろうかと。

ミリアが石化してしまってデュランダルで戦うテストができなくなるのではと危惧したら、まさに想定どおりのことが起こったな。

「しかし厄介なグミスライムを石化したのはえらいぞ」

「やった、です」

ちょっと褒めたらこれだよ。

まあ悪くはないのだが。

グミスライムは二匹ともミリアが無力化してしまった。

それだけ戦闘に時間がかかった、ということではある。

クラムシェルから片づけにいったのがミスだったか。

うーむ。弱い魔物から始末して数を減らすのは正しいセオリーだよな。

「苦戦というほどではなかったが、しかし、グミスライムに剣で戦うと戦闘時間が延びることは確実だな」

「そうですね。間違いないと思います」

セリーも認めているし、グミスライムには物理攻撃に対する耐性でもあるのだろう。

厄介な相手だ。

「じゃあ、ボス戦に行くべきか？」

「ご主人様と私たちのパーティーなら当然のことです」

「実際、苦戦らしい苦戦はしていませんからね。迷宮に入るようになってからの日数などの数字を見れば少し早いような気はしますが、現実的にはここで引き延ばす意義はないでしょう。ボス戦へ行くのがよいかと思います」

「やる、です」

「大丈夫だと思います」

頼みの綱のセリーまでが賛成に回ってしまった。

ロクサーヌも、グミスライムから逃げるのはよくない、とは言わないようだ。

これでは、もうボス戦に進むしかないだろう。

第四十七章 軛（くびき）

ロクサーヌ

現時点のレベル＆装備

騎士　*Lv34*

装備　レイピア
鋼鉄の盾
竜革のジャケット
耐風のダマスカス鋼額金
硬革のグローブ
柳の硬革靴
身代わりのミサンガ

「うーむ。ではボス戦に行くか」

「それがいいでしょう」

「ただし。今日はこれ以上進まないし、できれば二十四階層でも戦わない。いいな」

きっちりと宣言しておいた。

ロクサーヌに引きずり回されて、どんどん上の階層へと進まれてはかなわない。

ここはしっかりと釘を刺しておくべきだろう。

変なことはしない。

危ないこともしない。

安全に、ゆっくりと進むべきなのだ。

「二十四階層のボス戦は、明日ですね」

おい。

これだからロクサーヌは。

油断ならぬ。

「……あー」

「今の段階で決めつけるのはよくないと思います。まずは二十三階層のボス戦でどれだけ戦えるかを確認してからでしょう」

セリーがフォローをくれる。

それはそれで、ここのボス戦も楽勝だったからすぐ二十四階層へ行きましょう、とロクサーヌが言い出しそうで怖いのだが。

「ま、まあ正論だな」

「分かりました」

ロクサーヌが何を分かったのか、怖くて聞く勇気がない。

黙って待機部屋に入った。

二十三階層まで来るとさすがにそこそこすいているのか、誰もいない。

ボス部屋への扉もすぐに開いた。

「グミスライムのボスは、ゼリースライムです。グミスライム同様、物理攻撃には強く、反面魔法攻撃には弱く、土属性以外の三属性が弱点になります。ただし、二十三階層からはボスのほかに通常の魔物が二匹出てくるそうです」

グミじゃなくてゼリーになるのか。

そして、二十二階層までは一匹だったボスのお付きの魔物が二匹になると。

大変じゃないか。

そういうことは早めに教えてほしかった。

ロクサーヌたちはセリーのブリーフィングもそこそこにボス部屋へと入っていく。

大丈夫なのか？

いや。一番大丈夫じゃないのは俺か。

先ほどの戦闘から、デュランダルを出したまんまだ。

ボス戦だから普通にそうしていたが、合計三匹出てくるなら、魔法を使うべきか。グミスライムやゼリースライムには物理攻撃が効きにくいのだし。

そのためにはひもろぎのロッドを。

まあ最初はデュランダルでいいか。

攻撃は通りにくくても、回復を考えれば、決して間違ってはいない。

ボス部屋に入ると、煙が集まり、魔物が三匹姿を現した。

ゼリースライム、グミスライム、クラムシェルだ。

「ボスは私が引き受けます。ミリアはグミスライムを。ベスタがあれを」

「はい」

「分かりました」

なるほど。戦闘に入ればロクサーヌが的確に指示を出すから、打ち合わせなどは必要ないということか。

俺は、ミリアが向かったグミスライムに状態異常耐性ダウンをかけ、ウォーターストームと念じた後、ベスタが正面に立って引き受けているクラムシェルの横に回ってデュランダルを打ち込む。

デュランダルを出したからといってジョブから魔法使いをはずしたわけではない。最初だし出し惜しみする必要はないだろう。

セリーは、指示がなくてもちゃんとゼリースライムとグミスライムを攻撃できる位置に陣取っていた。

「やった、です」

俺がクラムシェルを片づけると、ミリアもグミスライムを無力化する。

こうなってしまえば、あとは簡単だ。

残った一匹を全員で囲んでタコ殴りにした。

いかにボスだろうが、正面にロクサーヌが立っている以上、どれだけ攻撃を仕掛けようともこちらはこゆるぎもしない。

魔法は、セリーでも俺でもキャンセルできる。

ゼリースライムには状態異常耐性ダウンを使わなかったので多少時間がかかったが、危なげなく勝利した。

「ボス戦も苦戦とまではいかなかったか」

「そうですね。ご主人様が魔法を使われたこともあって、ほぼ楽勝でした」

「まだもうちょっと違う戦い方も試してみたい」

ロクサーヌがなんと言おうと、このまま二十四階層のボス戦に進むつもりはない。

このフォーメーションにも問題はある。

状態異常耐性ダウンを使うなら、ボスに対して使いたい。

ただそれをすると、ミリアをボスにあて、ロクサーヌを雑魚にあてがうことになる。

敵の最大戦力に対してはこちらも最大戦力をあてるべきだろう。

ロクサーヌならボスだろうと攻撃をシャットアウトできる。これなら戦闘時間がどれだけ延びようが問題ない。

実際には限界があるだろうが。

しかし戦闘時間だって無限に増えるわけでもなく。

現実的に、ロクサーヌをボスにあてるのが最適解だろう。

「魔物が離れていると、魔法やスキルの発動を同時に監視するのが難しくなります。ボスはしょうがないでしょうから、ミリアがもうあと一歩引きつけてくれると助かります」

「分かった、です」

セリーの注文をミリアが聞いている。

セリーとしてもさっきのフォーメーションには問題があったのか。

ただし、ロクサーヌがボスに対峙することは、セリーにも当然の前提だと。

やっぱりそうなるよなあ。

「やっぱり三匹を見るのは難しいか」

「そうですね。確実にキャンセルできるのは二匹まででしょう。ある程度なら三匹でもカバーできそうですが、端の魔物のキャンセルをしている間に別の端の魔物が詠唱を開始したら、キャンセルが間に合わないことも出てくるかと思います」

セリーが見ることができるのはボスともう一匹まで。

デュランダルを出すなら、残り一匹は俺が相手をすることによってカバーできる。

デュランダルをしまって魔法で戦うことは難しいか。

二十三階層はまだいい。二十二階層のクラムシェルや二十一階層のケトルマーメイドが出てくることも多いだろう。

階層が上がって、三匹全部が全体攻撃魔法を使えるようになったときが問題だ。

そのときに魔法で戦うなら、ある程度の被害は覚悟した上で突っ込むことになる。一匹はミリアの石化に期待して、残り二匹をセリーが見る形になるだろう。

デュランダルをしまうことはボーナスポイント的に大きいが。

詠唱中断のスキルがついた装備品がもう一個必要か。

とはいえ欲を言ってもしょうがない。

欲を挙げればきりがない。

今ある中でどういう戦いがいいかを模索すべきだろう。

そうすると、デュランダルを出して魔法も使う形に落ち着くか。

やばい。

違う戦い方も試すと言ったのに、最初の戦い方のみになりそうだ。

まあ、二十三階層なら魔法のみで戦うこともできる。ボスに対して使わないなら、状態異常耐性ダウンをかけず、博徒そのものをはずす戦いも試せるだろう。

いろいろやることもあるな。


その日一日は、なんとか耐えることができた。

ロクサーヌも特に何も言ってはこなかった。

「それでは。二十四階層のボス部屋は向こうだから、あっちがいいですね」

日が替わったらこれだよ。

今さら地図を取り上げるわけにもいかないし。

「二十四階層のタルタートルとも何度か戦ってからな」

「もちろんです。まあ何度か戦っていますし、ご主人様なら苦戦するとは思えませんが」

昨日、二十四階層での戦いはゼロというわけにはいかなかった。

すぐそこにいますと期待した目で見られたらね。

どうしても行きがけの駄賃で狩っていくことになってしまう。

だから、ボス戦にはすぐ行くことになるだろう。

「二十五階層のボス戦には行かないからな」

「そうですね。二十五階層の地図も持ってきてませんし。二十五階層のボス戦は明日の楽しみということになるでしょう」

もうどこから突っ込んでいいのか分からない。

まず地図持ってきてなかったのかよ。

二十五階層のボス戦に行くことを心配した俺がバカみたいじゃないか。

いや。だまされないぞ。

何もなければ、朝食のあとで、二十五階層の地図を持ってきました、とかさらっと言い出しかねないタイプだ、ロクサーヌは。

今日は行かないという言質(げんち)を取ったと解釈しておこう。

しかしその代わり、二十五階層のボス戦は明日行くと。

一日一階層か。

勘弁してくれ。

しかも、明日行くじゃなくて、明日の楽しみだからな。

俺は胃が痛い。

「ま、まあ迷宮は危険がいっぱいだ。先に進むかどうかは、その都度慎重に判断していくべきだろう」

「そうですね」

慎重という言葉の意味が分かっているだろうか。

用心深く、丁寧で、念入りでなければいけない。

ケアフルでディスクリートでプリューデントな判断が求められているのだ。

「セリーたちも頼むな」

「もちろん慎重に判断すべきです」

「はい、です」

「大丈夫だと思います」

若干二名には本当に期待できそうにない。

セリーだけが頼りだ。

その日一日は、なんとか二十四階層のボス戦で終わらせることができた。

明日は多分二十五階層のボス戦だ。

ロクサーヌはどうせその気だろうし、セリーが何も言ってこなかったので。

本当に頼りになるんだよな?

迷宮での狩りを終え、夕食はミリア特製のトロの煮つけととんかつを食べる。

トロはどうせミリアがたくさん食べたがるだろうからと、俺はとんかつを揚げた。

これから暑くなるだろうし、暑くなれば揚げ物は大変だ。今がチャンスだろう。

「これがトロか。さすがにうまいな」

ミリアが煮つけたトロは、口に入れるとほぐれるようにとろけた。

柔らかい。

脂がのっていて、コクがある。濃厚で、しかもしつこくない味わいだ。

こってりしているのは、味つけのせいもあるのだろう。

一切れほど切り取り、すぐにロクサーヌに回した。

「美味(おい)しいですね」

「これはすごいです」

ロクサーヌとセリーもとっとと皿を回す。

次にとんかつを食べた。

ソースはないので、とんかつはレモン果汁でさっぱりといただく。

と思っていたら、トロの煮汁が意外に合った。

試しにつけてみて正解だ。

ちょっと味噌(みそ)カツ風。

味噌ではないが。魚醬(ぎょしょう)を使っていたから近いものはあるかもしれない。

「ミリア、煮汁だけもらっていいか」

「はい、です」

「私ももらっていいですか？」

一度ミリアからベスタに渡り、今はミリアが抱え込んでいる皿から煮汁をもらうと、ロクサーヌも興味を示した。

B級グルメといえばB級グルメだから薦めはしなかったのだが。

セリーはレモンの搾(しぼ)り汁のみでいいらしい。

「へえ。私も煮汁をもらっていいですか」

「トロも食べる、です」

ベスタが煮汁をもらおうとすると、ミリアが皿ごと差し出す。

俺には勧めないのに。

「はい。ありがとうございます」

「お姉ちゃん、です」

先輩としてちゃんと面倒は見るということだろうか。

確かに、俺には勧めるまでもない。俺は遠慮するような立場ではないし。

トロの煮つけの煮汁ととんかつの組み合わせは新しい発見だった。

いつかまたやろう。

翌日からもロクサーヌの猛攻が続く。

争い、いや駆け引きですらない。

アタックだ。

一日一階層ずつ登っていく簡単なお仕事です。

簡単ではないが。

いくら二十三階層から三十三階層の魔物は一つのグループだとはいえ、一階層上に行けば魔物は確実に強くなる。

それを連日繰り返すのだ。

こっちは毎日レベルが上がるわけでもなし。

必ず、どこかで壁に当たる。

それを見極めなければいけない。

ロクサーヌがあてになるとは考えないほうがいい。

天性の何かで見抜くかもしれないが。

分からない。期待はしておこう。

信頼はできない。すべきでない。

俺がしっかり判断する必要がある。

もう一人はセリーか。

ただセリーもなあ。

「だいぶ戦闘に時間がかかるようになりましたが、このくらいではまだ苦戦とまでは言えません。二十六階層のボス戦に行っても大丈夫だと思います」

「そうか」

「少し戦闘時間が増えましたが、苦戦まではしませんでした。二十七階層のボス戦に進むべきでしょう」

「そ、そうか」

「まだまだ楽な部類ですね。次は二十八階層のボス戦です」

「……そうか」

なんかコメントが雑になってきてないか。

セリーは、耳年増というか、迷宮の苦労話を仕入れすぎなんだろうと思う。ひょっとしたら、基準が五十階層以降の迷宮討伐にあるのかもしれない。

その半分くらいの階層では、それは楽に戦えるだろう。

そうでもないか。

初心者は低階層で苦労し、中級者は中階層で苦戦し、上級者は上の階層で死闘を繰り広げるのが迷宮だ。

上の階層だけが厳しいというわけではない。

まったくの初心者なら一階層や二階層で死んでいく。

セリーが楽に戦えてると言うのなら、多分本当に楽に戦えているのだろう。

実際、苦戦しているわけではないし。

時間はかかるようになったが。

まあ、戦闘時間が延びるだけでも大変は大変だ。

二十八階層のボス部屋に行く途中の戦いで、後衛に回ったシザーリザードの足元に魔法陣が浮かんだ。

「来ます」

時間がかかれば、相手の攻撃の数も増える。

ロクサーヌの警告のあと、周囲に火の粉が舞った。

ファイヤーストームっぽい。

これは全体攻撃魔法だ。

魔物の全体攻撃魔法もファイヤーストームと変わらないらしい。

一瞬、体全体がカッと熱くなった。

胸が締めつけられ、節々が痛む。足の指がもがれそうだ。肌がちりちりと焼け、痛覚神経が悲鳴を漏らした。

前衛の魔物が隙を逃さず攻めかかる。

ロクサーヌが魔物二匹の同時攻撃を体を揺らしてかわし、ミリアが大きく足を引き、ベスタが剣で弾いた。

今のがよくかわせるもんだな。

俺なら確実に食らっていた。

それでも、痛かったのは一瞬だ。すぐに熱さはやみ、痛みも引く。服やリュックサックに燃え移ることもないようだ。

体だけが熱せられたのかもしれない。

全体攻撃魔法に出会えてうれしい俺の体の一部がホットホット。

これが魔物の全体攻撃魔法か。

二十八階層にして初めて受けたが、致命的というほどの威力はないようだ。

これなら一発二発で死ぬことはない。

俺もブリーズストームで反撃した。

「やった、です」

戦闘時間が延びるのはいいこともある。

ミリアの石化が出やすい。

一匹石化すれば、あとはなんとかなる。

「少し下がります」

石化したケープカープを置き去りにして、残りの魔物をおびき寄せれば、前衛陣が耐えてくれる。

サイクロプスが大きく腕を振り上げるが、ロクサーヌがあわてるでも待機するでもなくあっさりといなした。

セリーも、全体攻撃魔法を連発されないように槍をかまえてにらみつけている。

手当てとブリーズストームを交互に撃っていくと、サイクロプスが倒れた。

「やった、です」

残ったシザーリザードも、ミリアが無力化する。

これでほぼ勝利だ。

あとは片づければいい。

「あれが全体攻撃魔法か」

「思ったとおり、たいしたことはありませんでしたね」

たいしたことないのが想像したとおりなのか。

まあ、致命的というほどの威力がなかったことは認める。

これなら一発二発で死ぬことはない。

二桁も浴びれば、さすがに大変だろうが。

そこまで連発されるのはもっと上の階層になるはずだ。

それに、正確に何発耐えられるかなど測定はできない。

測るとしたら、何発浴びたら死ぬか、くらいになる。

身代わりのミサンガが発動するはずだとはいえ。

測りたくはない。

「耐えられないほどではないですね。きついことはきついですが、しょうがありません。このくらいなら問題はないと評価すべきでしょう」

セリーまでもが頼もしいことをおっしゃる。

まあ俺だって、攻撃を食らったとは思ったけど、死ぬほどとは思わなかったもんなあ。

この世界ではこれくらいなんでもないのかもしれない。

「やる、です」

「そうですね。これくらいなら大丈夫だと思います。あ、手当ては必要ありません」

ベスタにいたっては手当てまで断ってきた。

たくましすぎだろう。

竜騎士だから堅いのだろうか。

ちなみに、手当ては、戦闘中に俺、ロクサーヌ、ミリアの順で行った。

戦闘終了後に俺とセリーに対しても行っている。

つまり俺なんか念のためにもう一回手当てしているのに。

「危なそうじゃなくても、ダメージが残ってそうなら言え」

「はい。大丈夫です。ありがとうございます」

別に遠慮しているわけでもないようか。

全体攻撃魔法は、まあ取り立てて危険を感じるほどのものではなかった。

だから大丈夫だろう。

二十八階層まで来ているのに。

それに、さっきまで一発も撃たれてないから、これからもすぐにどうこうとはならないと思う。

上の階層へ行けばバカスカ使ってくるかもしれないが、まだ先の話だ。

ロクサーヌに毒されすぎだろうか。

しかし実際に使ってこないのだからしょうがないよな。

その後は全体攻撃魔法を撃たれることなく、戦っていった。

「近くに嗅いだことのない匂いの魔物がいますね。寄ってみましょう」

二十八階層のボス部屋を抜けて二十九階層に出たとき、ロクサーヌが言ってくる。

基本的にはボス戦を繰り返しているが、上の階層に抜けたとき近くに魔物がいれば、行きがけの駄賃で狩っていた。

ロクサーヌのなすがままだ。

「クーラタル二十九階層の魔物は、モロクタウルスです。魔法も使いますが、基本的にはパワーファイターですね。体当たり攻撃が得意らしいので注意が必要です。火属性に耐性があり、水魔法が弱点になります」

セリーが説明してくれる。

「モロクタウルスか」

強そうな名前だ。

なんだかよく分からないがかっこいい。

ロクサーヌの案内で進むと、モロクタウルスが二匹とサイクロプス一匹が現れた。

ウォーターストームを浴びせる。

モロクタウルスは、牛頭の魔物だった。

要するに牛人、あるいは二足歩行する牛というべきか。牛だから頭には角もあるし、体つきはいかつい。

それでも、あまり恐ろしい感じはしない。

なぜなら白黒のブチだから。

白黒のブチて。

モロクタウルスはホルスタイン種なんだろうか。

牛だからしょうがないというべきか、牛人なのに白黒のブチはおかしいというべきか。

恐ろしげな顔なのにツートンカラーだと妙に愛嬌(あいきょう)がある。

もちろん、容赦なく魔法は撃ち込んでいく。

ロクサーヌとベスタが牛人の正面に立ち、ミリアがサイクロプスの前に立った。

クーラタル二十八階層の魔物であるサイクロプスの弱点は、水属性ではなく風属性だ。

ミリアが相手をするのが妥当だろう。

ウォーターストームを使うのは、まあしょうがない。

もっと悪いケースも考えられるのだし。水属性に耐性を持つ魔物とか。すべての魔物の弱点属性が一致するはずもなく。

クーラタルの二十九階層は、悪くもなく戦いやすくもなく、ほどほどといったところだろう。

「やった、です」

そして思惑どおり、サイクロプスの動きが止まる。

数が多くなければこれでいけるんだよな。

戦闘時間が延びてもたいして苦戦した感じにならないのは、石化のおかげだ。

そのためにどんどん上の階層に進んでいくともいえるが。

と、ここで、真ん中のモロクタウルスが前に出た。

ありのまま今起こったことを言うと、一、二歩ほどだが、目にも留まらぬ速さで前進してきた。

いかつい体全体で制圧するようにぶつかってくる。

瞬間移動かというようなスピードだ。

あるいは、白黒のブチが目の錯覚を引き起こして速く見えるということがあるのだろうか。白黒のブチが幻惑を誘うのだろうか。

催眠術だとか超スピードだとか、そんなチャチなもんじゃあ断じてねえ。

もっと恐ろしい攻撃だ。

ロクサーヌが軽いステップで半歩下がった。

牛人の突撃を薄皮一枚のところでかわす。

あれをかわすのか。

モロクタウルスはさらに腕を伸ばすが、ロクサーヌはレイピアで叩(たた)き落とした。

瞬時の間の、何がどうなったかも分からないようなやり取り。

魔物にとっても、きっと何をされたか分からなかったに違いあるまい。もっと恐ろしいものの片鱗を味わったはずだ。

魔法を何度か重ね、ようやくモロクタウルスを倒す。

「あれが体当たり攻撃か。すごかったな」

体当たりっていうレベルじゃねぇぞ。

白黒のブチのくせに。

「そうですね。少しでも目を離すと危ないかもしれません」

俺なら見ていても危ないわけですが。

さすがはロクサーヌ。

「……」

無言でセリーと視線をかわした。

慰めるような目だ。

セリーは武器が槍だから距離を取れる。剣で前に出るときもある俺を哀れんでくれているのだろう。

「よく見る、です」

よく見たくらいで対処できるのかどうか。

「ぶつかるだけですからきっとたいしたことはないでしょう。大丈夫だと思います」

ベスタまでが恐ろしいことを。

まあ、ベスタは牛人よりもでかい。その分衝撃はたいしたことないかもしれない。

メスの牛人がいてもベスタのほうがでかそうだし。

何がとは言わないが。

言っていないので、セリーから冷たい視線が来るような気がするのは気のせいだ。

セリーのほうは見ずに、消え行く魔物を見る。

モロクタウルスが煙となって消えると、赤い肉が残った。

バラだ。

鑑定するとバラと出た。

肉屋で買って手に入れたことはある。

バラというのは牛の肉ではなく牛人の肉だったのか。

牛人の肉でも牛肉といえるのだろうか。魔物のことだから考えるだけ無駄か。

ヤギ肉とか豚バラ肉とか白身とか、魔物が食材を残すことには慣れた。

人型だと何か違うような気がしないでもないが、所詮（しょせん）は魔物だ。ドロップアイテムなら血もしたたってはいない。

美味しくいただくことにしよう。

「牛は肉を残さないのに、牛人は肉を残すのか」

「はい、です」

石化したサイクロプスを魔法で始末すると、バラを二つ受け取ってアイテムボックスに入れる。

「モロクタウルスは、バラのほかに三角バラを残すこともあるそうです。ただし、本当にごくまれにしか残りません。あまりに残らないので三角バラなんか存在しないのではないかという人もいます」

セリーが教えてくれた。

レア食材もあるらしい。

三角バラか。

上カルビってところだろう。

「明日はモロクタウルスを狩りまくろう」

「二十九階層でボス戦を含めて繰り返すのですね」

ロクサーヌがうれしそうに確認してきた。

明日二十九階層のボス戦に行くことは確定ではなかったのだろうか。

あれ?

そういえば、そんな話はしていないな。

無意識のうちに避けていたらしい。

いや。もう上に行くのが当たり前になっていたからか。

慣れすぎたんだ。

セリーのコメントが日に日に雑になっていったのも、そういう理由か。

ロクサーヌに慣れさせられてしまったようだ。

「そ、そうだな。二十八階層のボス戦も問題なかったよな」

「もちろんです」

「特に苦戦をしたとは言えないですね」

「はい、です」

「大丈夫だと思います」

絶対、慣れさせられているな。

翌日二十九階層のボス戦に挑む。

というか、モロクタウルスを狩りの対象にするのであって、ボス戦は違わなくね？

とは思ったが、ボス戦にも二匹雑魚は出てくる。少なくともどっちかがモロクタウルスである可能性は高い。

へたなことを言うと、ロクサーヌはモロクタウルス五匹のところにばかり案内しかねないし。

ロクサーヌならやりかねん。

それならば、ボスを含むとはいえ三匹のほうがいいだろう。

「モロクタウルスのボスは、ボスタウルスです。ほかのボスと同様、基本的にはモロクタウルスを強化した魔物と考えて間違いありません。火魔法に耐性があり水属性が弱点なのもモロクタウルスと一緒です」

「ボスタウルスか」

ただし、六十二階層まで行けば普通の魔物として出てくる。

ボスなのに。

「強烈な一撃を持っているそうなので、注意が必要です」

「分かりました。しっかり見て、かわしましょう」

セリーのブリーフィングを受け、ロクサーヌがうなずいていた。

自信ありげ、というか、ごく当然のことのように。

まあロクサーヌだからな。

初見のボスでも、心配することはないだろう。

「セリー、ボスタウルスってまれにしか残さない食材とかあるか？」

「はい。ボスタウルスは三種類の食材を残します。多くの場合に残すロースのほか、ときどき酪（らく）とごくまれにザブトンを残すそうです」

「そうか」

レア食材があるのか。

しかも複数あるのか。

ロースが通常ドロップ、酪とザブトンがレアドロップということだろう。

レア食材があるなら料理人をつければいい。

モロクタウルスの三角バラ狙いでもある。

料理人をつけ、ボス部屋に入った。

今回出てきたのは、ボスタウルス、モロクタウルス、サイクロプスが一匹ずつだ。

ボスタウルスも、モロクタウルス同様、二足歩行する牛人の魔物だった。体はモロクタウルスより一回り大きい。

ベスタと同じくらい。あるいはベスタより少し小さいか。

ベスタってどんだけー。

ボスタウルスは、肩がいかつい。全身は茶褐色の毛に覆われている。

白黒のブチでないのが残念だ。

やはりボスということなんだろう。

「やった、です」

弱点属性が違っていて厄介なサイクロプスはミリアが無力化した。

俺はモロクタウルスをまず片づける。

その後、全員でボスを囲んだ。

ボスタウルスは凶暴に腕を振るう。

ロクサーヌがそれをことごとくかわした。

かわいそうになるくらい攻撃が効いていない。

最期も、背後からの俺の一撃でとどめを刺された。

囲んでしまえばこんなものだ。

ボスが煙となって消え、肉塊が残る。

ロースか。

はずれだ。

いや、別にロースなら十分か。

レア食材ではなかったというだけで。

モロクタウルスのほうも残したのはバラだ。

ごくまれにしか残らないという食材は、三角バラも含めて本当にプレミアム食材なのかもしれない。

料理人のレア食材ドロップ率アップではドロップ率がアップしないという意味で。

どうなんだろうか。

料理人が効いたなら酪が残ってもいいのか。

まあ所詮一回の試技では傾向は計れない。

ロースもバラもアイテムボックスに入れた。

「うーん。二十九階層のボス戦もこんなもんか。まあ徐々に苦しくはなってきているが」

「はい。さすがご主人様です。まだまだ問題ありませんね」

「少しずつ大変にはなってきていますね」

「やる、です」

「大丈夫だと思います」

やはり頼りになりそうなのはセリーだけか。

その後、二十九階層のボス戦を繰り返す。

戦闘時間は長くなったが、それでも戦えないほどではない。

慣れただけか。

ただ、慣れるだけならいいが、危機意識が薄くなっているとしたら問題だ。

どうなんだろう。

戦闘時間が延びてミリアの石化が増えた上、ロクサーヌはまったく完全に危なげがないので、戦闘時間が長くなったから危ないという実感はないんだよな。

つい数日前に二十三階層のボス戦をやっていたときから考えると、戦闘時間は倍ほども違うのに。

二十二階層のボス戦から考えるともっと違うが、あれはまあ別物だとして。

そもそも、ロクサーヌはおろかセリーですら、俺たちのパーティーは戦闘時間が短いと言い続けていた。

これくらいはまだまだ普通。なんともないということか。

さすがにもっと上の階層へ行けば違ってくるだろう。

今日のところは二十九階層のボス戦を繰り返す。

ボス戦で出てくる魔物は三匹なので、セリーが二匹を見て俺がデュランダルでもう一匹を相手にすれば、全体攻撃魔法を受けることもない。

この辺も、戦闘時間が延びてもあまり大変にはならないゆえんだろう。

モロクタウルス五匹のところばかりに連れていかれたら、印象は違うかもしれない。

そんな指示は出していないが。

安全面に最大限考慮しつつ階層を上げていくという方針に従うなら、より難しい魔物五匹の団体を中心に攻めるべきだろうか。

まあそこまですることでもないか。

本来なら、ボス戦のほうが戦闘時間も長くなるし、難しいはずだ。

俺たちのパーティーではロクサーヌがボスを完封してしまうとはいえ。

ボス戦でないとロクサーヌが満足しない恐れもある。

ロクサーヌのストレス発散にはボス戦だ。

つまり、このままボス戦を繰り返せばいい。

しかし何度ボス戦を行っても、三角バラもザブトンも、なかなか残らなかった。

お。

あ、肉塊じゃない。

何度目かの正直でボスタウルスが肉塊ではないドロップを残したが、ザブトンは肉だ。

だからあれはザブトンではない。

「はい、です」

酪だ。

ミリアから受け取り、鑑定しても酪と出た。

ナイーブオリーブのドロップアイテムであるオリーブオイルと同じように、薄皮で包まれている。多分中は液体だろう。

牛人が残す謎の液体。

「というか、牛乳？」

「酪ですね。飲むと牛乳よりコクがあって断然美味しいそうです。ただ、貴重なアイテムですし、そのまま飲む人は多くはいません。スープなどに入れると非常に美味しい料理ができるとされています」

セリーが教えてくれた。

ロースも残す牛人が残した液体だから牛乳かと思ったが、どっちかというと調味料か。

ホワイトシチューみたいなのを作るのかもしれない。

薄皮が破れないよう慎重にアイテムボックスに入れる。

これで酪は出た。

その後もボス戦を繰り返し、酪は何個かゲットする。

それでも、三角バラもザブトンも残らない。

酪の残り具合から見て、料理人は有効になっている。

三角バラやザブトンは本当に料理人のレア食材ドロップ率アップが効かないプレミアム食材ということなんだろうか。

「本当に三角バラは存在はするのか？　存在しないという説もあるんだよな」

「存在はするはずです。ただ、見た目では分かりにくいそうです」

「分からないのか」

「肉屋でもトラブルを避けるために三角バラとしての買い取りはしていないそうです。そのためにますます存在しないのではないかという人が増えます」

セリーに聞いてみるが、セリーは本当にあると思っているようだ。

だからあるのだろう。

セリーがあると言うのなら。

しかし、酪は何個も出たものの、結局その日は三角バラもザブトンも残らなかった。

どれだけ出ないのか。

「ご主人様、そろそろ夕方ですね」

「分かった。じゃあここまでにするか」

「はい」

ロクサーヌに言われて、今日の狩りを終了する。

「今日一日やってみたが三角バラもザブトンも出なかったな」

「そうですね。本当によほど残りにくいようです。まあ仕方ありません」

セリーが慰めてくれるが。

「そこで、明日も二十九階層のボス戦を続けようと思うが、どうだろうか」

提案してみた。

「むむむ。明日もですか」

「このままでは、なんか負けたような気にならないか？」

「うーん。負けるのはよくないですね」

おお。

追い込んでる追い込んでる。

ロクサーヌを追い込んでいる。

これで一日一階層のくびきから逃れられるか。

まあ、何に負けるのかはよく分からないが。

「いや。このままで終わるのは武士の名折れ。迷宮戦士の名折れ。迷宮に対する敗北にも等しいであろう」

「確かに。敗北はよくありません。負け癖がつく可能性もあります。そうですね。明日も二十九階層のボス戦を行うのがいいでしょう」

おおっ。

ついにロクサーヌの賛同を得た。

一日一階層に対する勝利と言えよう。

「せっかくですから、やってみるのもよいでしょう」

「やる、です」

「大丈夫だと思います」

敗北など、あってはならぬことだ。

全員の賛同を得て、翌日も二十九階層のボス部屋に入る。

「やった、です」

一戦めは、ミリアがモロクタウルスとボスタウルスを連続で石化して終わった。

戦闘時間が延びるとこうなるから、あまり大変な気がしないんだよな。

俺もデュランダルでモロクタウルス一匹を倒し、ＭＰは満タンなので、あとは魔法で石化した魔物を始末する。

モロクタウルスがすぐに煙となって消えた。

お。三角バラだ。

煙が消えると、ミリアが石化させたモロクタウルスが三角バラを残した。

ようやく出たか。

初めてだ。ここまでモロクタウルスを狩って初めて残った。

「どうぞ」

俺が倒したモロクタウルスが残したバラをベスタが持ってくる。

「はい、です」

三角バラはミリアが拾った。

これが三角バラか。

見た目は通常のバラとほとんど違いがない。ただの肉塊だ。

肉屋がトラブルを避けるために買い取らないというのも分かる気がする。一般客が見てもバラと三角バラの違いは分からないだろう。

専門職の肉屋なら分かるのだろうか。

俺には鑑定があるから分かるが。

ただ、ここで三角バラだと言ってしまうと、なんで分かるのかということになる。

どうすべ。

「ひょっとして、三角バラですか？」

ちょっとだけ戸惑っていると、セリーが尋ねてきた。

セリーには三角バラの見分けがつくのだろうか。

「分かるのか？」

「いえ。ええっと。三角バラだとバラの入ったアイテムボックスには入らないはずです」

なるほど。

それで見分けるのか。

アイテムボックスには同じアイテムを複数入れられるが、違うアイテムなら入らない。

バラと三角バラはあくまで別アイテム扱いなんだろう。

実際、入れてみると三角バラはバラの入った列には入らなかった。

まだアイテムの入っていない新しい列になら入る。

「おお。そういうことか」

「そうです」

しまった。

最初から三角バラだと言っておけばよかった。

頭がいいとアピールできたのに。

いや。頭がいいところをアピールできたのに。

別に頭がいいと偽装するわけじゃない。

偽装しなくても頭はいい。

多分。

セリーは、俺が戸惑っていたのをアイテムボックスに入らなくてまごついていると見たのだろう。

セリーの目には、三角バラに気づかないアホな俺と思えたわけだ。

心なしか目も若干冷たいような。

いや。気のせいだ。

気のせいだと思いたい。

くっそ。

悔しい。でも。

アイテムボックスで分かるなら肉屋でも扱えばいいのに。

客が全員アイテムボックス持っているわけじゃないから駄目か。探索者や冒険者など限定でものを売るわけにもいかないだろう。

アイテムボックスがあってもすでにバラを持っていないと駄目だし。

三角バラをアイテムボックスに入れると、石化したボスが魔法で倒れ、煙になる。

煙が消え、肉が残った。

あら。

ザブトンだ。

三角バラに続いて、ザブトンが残った。

今回のボス戦はついている。

「お。今度はザブトンが残ったな。立て続けだ」

本当についてるな。

運がいいだけだろうか。

あるいは、三角バラやザブトンは出る日が決められているとか。

出ない日は絶対に残らないとか。それが昨日だったとか。

それもどうなんだろう。

あまりありそうにない。

百年に一度の大災害は百年間隔で起こる、と人間は勝手に思いがちだが、現実には数年のスパンで起こったりする。

確率的にはそちらのほうが自然だ、という話を聞いたことがある。

大地震は、エネルギーをためる必要があるため周期的にならざるをえないから除く。

つまり、三角バラとザブトンが連続で残ったとしてもそう特別なことではない、ということだ。

「すごいですね。さすがご主人様です」

「お、おう」

まあロクサーヌが褒めてくれる分にはいいだろう。

「ふむ。本当にすごいですね」

セリーのこのすごいは、ジョブ料理人に対して言っているな。

冷静な分析だ。

「すごい、です」

「すごいと思います」

まあ称賛は称賛として受けておこう。

「ありがとう」

「では、これで心置きなく三十階層のボス戦へ行けますね」

そうだった。

今日も二十九階層に残っているのは、三角バラやザブトンを得るという名目でだ。それなのに本日一回目のボス戦で三角バラもザブトンも出てしまった。

もう居続ける理由がない。

「そ、そうだな。地図がいるが」

「もちろんそのために持ってきています」

こんなこともあろうかとじゃないんだな。

このために持ってきたと。

止まらない、止められない。

「分かった。三角バラとザブトンも出たことだし、三十階層のボス戦に移行しよう。そして今日の夕食はシンプルに肉を焼こう」

みんなに宣言した。

バラ、三角バラ、ロース、ザブトンの食べ比べだ。

醤油はないが、塩と胡椒（こしょう）は魔物のドロップアイテムにあるから自由に使える。シンプルに焼けばいいだろう。

「はい。楽しみです」

ロクサーヌが楽しみなのは三十階層のボス戦に違いあるまい。

夕食まで、三十階層のボス戦を繰り返すことにする。

ロクサーヌを止める者は誰かいないのか。

ただ、上の階層へ進んできただけあって、レベルは上がりやすくなったかもしれない。

剣士、博徒に続いて、薬草採取士もLv30になった。

次は騎士もLv30まで育ててみよう。

Lv30で派生職が出ることもあるし、今はそこまでならあまり苦労せずに育つので、いろいろやってみるべきだろう。

農夫とか、育ててどうするのみたいなジョブもあるが。

それはそれで何かあるかもしれないし。

騎士の次は本当に農夫にでもするか。

あとは、色魔も育てたい。

深い意味はない。

ないと言ったらない。

別に今でも困ってないし。

それから、派生職があることが確実なジョブもある。

商人だ。

商人の上級職は豪商らしいから、武器商人や奴隷商人は商人からの派生職だろう。

これも早めに育てたい。

農夫同様、育ててどうするのかという感じもあるが。

割引率が高くなるとかあれば喜んで育てるのに。

今騎士を育てるのは、ボス戦を戦士、剣士、博徒なしで戦うということであるわけで、これはロクサーヌに対するいやがらせでもある。

気にも留めていない感じはしないでもないが。

ラッシュ、スラッシュ、状態異常耐性ダウン抜きで戦えば、戦闘時間も延びる。

だからポンポンと上の階層へ進むことに躊躇するのではないか、という俺の期待は、かなえられることはなかった。

「さすがご主人様です。三十階層のボス戦でもなんの問題もありませんね。明日は三十一階層のボス戦です」

「まだ苦戦しているとまでは言えませんからね。問題ないでしょう」

「やる、です」

「大丈夫だと思います」

そうかそうか。

明日も一つ上の階層へ行くことになりそうだ。

戦闘時間が延びて大変になってきているような気はしないでもないのだが。

俺自身は、ボス戦ではデュランダルを出して同時回復しているから危機感は全然ない、というのが問題だよな。

ボスの正面に立って最後まで奮闘しているのはロクサーヌだから、本来はロクサーヌが一番危機意識を持ってしかるべきなんだが、ロクサーヌにそれは期待できない。

三十階層くらいのボスの攻撃ではかすりもしないからな。

冷静な意見を期待できるのはセリーだが、セリーは後衛で、三匹しか出てこないボス戦では攻撃を浴びることはまずないから、こちらも危機感は持てないはずだ。

ミリアは、ボス戦ではほぼ確実に自分の相手を石化している。戦闘時間がどれだけ延びようが関係ない。最後まで戦う前に石化で片をつけるだろう。

ボスでないのが残念だが、今ではボスまで石化させることもある。戦闘時間が長くなれば長くなるほど、輝くタイプだろう。

ミリアが上の階層へ進むことを躊躇することはなさそうだ。

ならばベスタならワンチャンありかというと、これがそうでもない。

現状三匹しか出てこないボス戦では、ベスタは最後の一匹を俺とタッグを組んで二対一で戦うことになる。

正面をベスタにまかせて俺は横に回っているので、別に楽ではないと思うが、客観的に見れば、ボスを最後まで相手にするロクサーヌやいつ起きるか分からない石化まで一対一で戦うミリアのほうが厳しいといえるだろう。

ミリアやロクサーヌより先にベスタが弱音を吐くかどうか。

ベスタはベスタでたいがいだしな。

大きくて見た目も安定感がある。

やはりここは、俺がしっかりと判断していくことが大事だろう。

などという危機意識を持って戦っていると、ボス戦を終えたところでミリアが戦士Lv30に達した。

暗殺者と騎士もちゃんと取得している。

「ミリアのジョブだが、石化の剣を生かすため、暗殺者にしようと思う」

黙って変えるのも悪いような気がするので、宣言した。

いっても暗殺者だしな。

嫌がらないだろうか。

「暗殺者ですか。すごいですね」

「確かに、毒付与なんかがあるといいという話を聞きます。石化とも合うでしょう」

「はい、です」

「すごくいいと思います」

ジョブの名前は暗殺者だが、別に嫌われているわけでもないようか。

取り越し苦労だったようだ。

まあLv1になるという問題もある。

「新しいジョブに就くので、慣れるまでしばらくの間、ミリアは後列に回したほうがいいだろうか？」

「必要ないでしょう」

「ギルド神殿でジョブを変更した場合でも、パーティーを組んでいるのならそんな配慮はしません。必要ないのでは」

「だいじょうぶ、です」

「大丈夫だと思います」

全員が大丈夫だと言い張った。

パーティーの中にいればパーティーメンバーが持つジョブの効果がその人に及ぶ。Lv1になったからといって極端に弱体化はしないのだろう。

「うーん。問題ないのか」

「全体攻撃魔法があるので後列だからといって安心はできません。いつまで後列にすればいいかの判断も大変になってきますし、難しくする必要はないと思います」

セリーの言うことは、この世界では合理的なんだろう。

俺には獲得経験値二十倍があるし、レベルを見て判断することもできるが。

ミリアを後列に置くとしても多分一日かそこらだ。

「まあいいか。分かった。だが、しばらくはくれぐれも慎重にな」

「はい、です」

しばらくは錬金術師をつけて、メッキをかけておけばいいだろう。

これだけみんなが口をそろえて大丈夫と言うのだ。あっさり一撃でやられたりすることはないだろう。身代わりのミサンガもあるし。

今は騎士を育成中だが、中断して錬金術師を入れればいい。

ミリアのジョブが暗殺者になるのだから、博徒も使いたいが。

無理をすることはない。様子を見て、博徒を使いたくなったらでいいだろう。

ミリアのジョブを暗殺者Lv1に変更して、迷宮での狩りを続ける。

何度か戦ってみた。

特にミリアが弱体化したという感じはないか。

途中二匹の魔物を相手にしたときには、ロクサーヌとベスタが一匹ずつ正面を受け持っていた。

うまく戦術を立てている。

案内したのも指示したのもロクサーヌだが、よく配慮している。

暗殺者にすると宣言した俺の手柄でもあるな。

自画自賛。

「ロクサーヌ、ありがとな」

「いえ」

一言感謝だけ伝えて、さらに狩りを重ねた。

何度か戦ったが、ミリアの石化がいきなり増えたということはないようか。

それはそれでいい。

というか、むしろそのほうがいいのかもしれない。

暗殺者のスキルには状態異常確率アップがある。

だから、暗殺者になっていきなり石化する数が増えたら、状態異常確率アップのスキルが効いたということだ。

暗殺者になってもいきなりは石化する数が増えなかったら、状態異常確率アップは暗殺者のレベル依存になっている可能性がある。

暗殺者のレベルが低いうちはアップする確率も小さく、暗殺者のレベルが上がるにつれて状態異常にする確率も上がる、という可能性だ。

ミリアはこのまま暗殺者で使っていくことになるだろう。

レベルもどうせすぐに上がる。

状態異常確率アップはレベル依存であったほうが、最終的には石化で魔物を無力化できることが多くなるかもしれない。

レベルが上がるのを楽しみにしておこう。

ミリアが暗殺者のまま、ボス戦もやった。

ボス戦も問題はなさそうか。

まあ、ボスの正面に立つのはロクサーヌで、ミリアはほかの魔物の相手をするから、通常の戦闘と変わりはないわけだし。

ミリアのほうに注意を取られた結果、俺が魔物の攻撃を受けてしまったことは内緒だ。

せっかく錬金術師をつけているのだから、俺にもメッキをかけておけばよかった。

攻撃を受けなかったら無駄になるよなあとか考えて悪かった。

どうせデュランダルで回復するわけだから、どうでもいいといえばどうでもいいが。

「やった、です」

石化までしてしまった。

俺も頑張って魔物を片づけ、あとはボスを囲んで倒す。

ボスの囲みに加わっているくらいならミリアに問題が起きるようなこともなかった。

「ボス戦も問題なかったようだし、ミリアが暗殺者になったことは特に考えず、これからは通常のやり方でいいだろうか」

「はい、もちろんです。問題などあろうはずもありません」

「そうですね。特に苦戦もしませんでしたし、通常どおりでよいかと思います」

「やる、です」

「大丈夫だと思います」

全員に肯定されてしまった。

同時に、ミリアのジョブを変更したことを理由に三十一階層のボス戦を延期することが否定された瞬間でもある。

これも無理だったか。

ロクサーヌを止めることは無理だったが、夕方になったのでボス戦は終了する。

「肉を焼くのと、あとは野菜スープでも作ってくれ」

「分かりました。セリーと私で作ります」

ロクサーヌとセリーが肉を焼いてスープも作るようだ。

「今日は肉ばかりだし、明日の夕食には白身でも揚げよう」

肉を得るために時間を使おう作戦は失敗したが、ミリアにもエサを与えておく。

本格的な夏はこれからだと思うが、まだ揚げ物も今なら大丈夫だ。

「おお。はい、です」

「ミリアとベスタはマヨネーズを作ってくれ」

「まよねーず、です」

「はい。できると思います」

一人でマヨネーズを作るのは大変だが、二人がかりなら問題ないだろう。

迷宮を出て、買い物をした。

パンに野菜、卵を購入して家に帰る。

肉と野菜をロクサーヌとセリーに、ミリアとベスタには卵とオリーブオイルを渡した。

俺は風呂を入れる。

こちらの楽しみも忘れることはできないよな。

階層を上がっていくのがロクサーヌの楽しみなら、俺は俺の楽しみに生きていこう。

「まよねーず、です」

「よし。じゃあ明日まで置いておこう」

風呂を入れてキッチンに戻ると、ミリアがマヨネーズを渡してきた。

ベスタと二人できっちり作ったようだ。

「こちらのほうも進んでいます」

肉はセリーが焼いている。

うまそうな匂いが漂ってきた。

「おー。これがザブトンか」

焼く前の肉を見ると、種類によって結構色が違う。

色が違うというか、サシが入っている。

他の三種類はそうでもないが、一つだけ、白く綺麗なサシが入っていた。

これがザブトンだろう。

ドロップアイテムとしての見た目はロースとザブトンとで見分けがつかないほどだが、切り口を見るとはっきり違う。

　このサシがザブトンだ。

「ザブトンだとお分かりになるのですか？」

「まあここまで違うとな」

　セリーに答えておいた。

　アイテムボックスで見分けがつかなかったことをフォローしたわけではない。

「白くてちょっと気持ち悪いですよね」

「いやいや。そこが美味しいところだから」

　ロクサーヌはサシを知らないらしい。

　知らなければ気味が悪いのだろうか。

　綺麗な霜降りだと思うけどね。

「そうなのですか？」

「へえ。そういうものなんですか」

　セリーですら知らなかったようだ。

　大丈夫だろうか。

　この世界だとサシが入っているほうが味が落ちるとか。

まあ、それはないか。

ザブトンはレアドロップ、いやプレミアムドロップだ。まずいはずがない。

「セリー、肉汁をもらえるか」

「はい」

「ベスタはこの野菜をみじん切りにしてくれ」

「分かりました」

キッチンに戻って、俺もソースを作る。

普通は牛肉を塩胡椒で焼くだけで十分だが、今回はバラ、三角バラ、ロース、ザブトンの食べ比べなので量が多い。

シンプルに焼いただけでは物足りない部分も出てくるだろう。

焼いて出た肉汁にワインときざんだ野菜を入れて煮込めば、簡単なソースになる。ドミグラスソースとシャリアピンソースのできそこないみたいな感じだが、ちょっと味の目先を変えるくらいならこれで十分だろう。

別皿に用意して、好みでかければいい。

メインは肉を焼くだけなので、夕食はすぐ完成した。

時間をかけると先に焼いたものが冷めてしまう。

鉄板でも用意して焼きながら食べるのがいいかもしれない。次回はそうするか。

今回は、食卓に運んで肉を食べる。

ロクサーヌの作った野菜スープを俺が全員に配り、夕食のスタートだ。

肉は、どれもうまかった。

「ロースでも十分にうまいな」

ただし、食べ比べとしては微妙か。

ロースで十分に美味しいから。

単に肉をいろいろたくさん食べた、という感じになってしまった。

「このザブトンというのは格別ですね。こんなに美味しいものをありがとうございます」

ロクサーヌの言うとおり、ザブトンは柔らかく、一段上の味だ。

口の中でとろける感じがする。

かといってロースがまずいわけでもなく。

ロースはロースで十分いける。

「確かに、味が違うのは分かりますが、どれも美味しいです」

セリーも俺と同意見のようだ。

「おいしい、です」

「それは三角バラだな」

「三角バラ、です」

三角バラは、柔らかくはないが濃厚な肉の味がする。

ミリアも、尾頭付きと同じくらい気に入ってくれただろうか。

魚ではないから忘れるだろうか。

そういえば、一日一階層ずつ上がっているから、階層突破記念の尾頭付きは全然食べていない。ミリアが一番不満に思ってそうだ。

「こんなにいろいろたくさん食べられるのはすごいと思います。こんな贅沢をさせていただいていいのでしょうか」

「まああまり残らないみたいだから今日だけだしな」

食べ比べはベスタに好評だった。

「ソースをかけると食感が変わりますね」

「しゃきしゃきとした野菜の歯ごたえが素晴らしいです」

「おいしい、です」

「このソースもすごいと思います」

ソースも好評だ。

夕食を美味しくいただいた。

第四十八章　登竜門

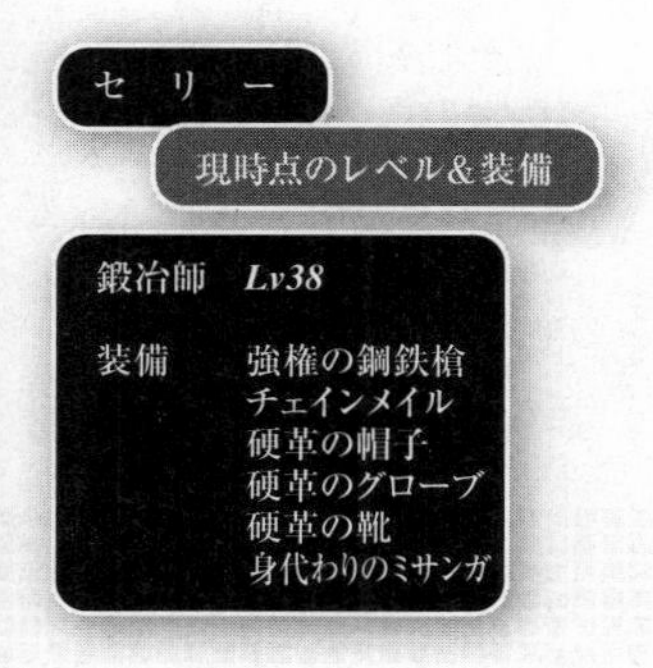

セリー
現時点のレベル&装備
鍛冶師　Lv38
装備　強権の鋼鉄槍
チェインメイル
硬革の帽子
硬革のグローブ
硬革の靴
身代わりのミサンガ

異世界迷宮でハーレムを

翌日、無駄な抵抗はせず三十一階層のボス戦に挑んだ。

誰かロクサーヌを止める者は。

「セリー、ここのボスはなんだ？」

「クーラタルの迷宮三十一階層のボスは、レムゴーレムです。弱点となる魔法属性はありません。魔法使いにとっては厄介な相手です。ノンレムゴーレム同様土属性に耐性のある岩人形ですが、体の一部が金属でできており、ノンレムゴーレムよりも攻撃力や耐久性が上がっています。土魔法も放ってきますが、メインとなる攻撃手段は単純に腕で殴ってくることのようです。相当に強力らしいので注意が必要です」

待機部屋でセリーに教えてもらう。

クーラタル三十一階層の魔物はノンレムゴーレムだ。

レムゴーレムはボスだけにノンレムゴーレムの強化版というところだろう。

というか、レムとかノンレムとか意味あんのかね。

「レムゴーレムか」

「ボス部屋に出てくるとき、ノンレムゴーレムやレムゴーレムは眠っていることがあるそうです。寝ているときには後回しにする作戦も有効だそうです」

意味あった。

睡眠していることもあるのか。

　さすがはレムゴーレムだ。

　レム睡眠かどうかは知らないが。

「眠っているだけだから、攻撃すると起きちゃうわけか。分かった。どれかが寝ていたら全体攻撃魔法はなしで行こう」

　ボス部屋に入ると、煙が集まり、魔物が姿を現す。

　ノンレムゴーレムが二匹とレムゴーレム一匹だ。

　どちらも岩でできた黄褐色の人形。見た目にあまり違いはない。レムゴーレムのほうが一回り大きいだろうか。

　それでも、両方出てきて比べれば少し大きい、という程度で、片方だけが出てきたときにきっちり判断できるほどかどうか。

　鑑定がないと分からないのではないだろうか。

　ノンレムゴーレムの一匹とレムゴーレムは、頭をがくりと下げ、肩を落としていた。

　睡眠だ。

　眠っている。

　こいつら寝てやがる。

「私とベスタは待機ですね」

「俺とミリアが起きているほうだな」

「やる、です」

頭を上げてこっちを見ているノンレムゴーレムをミリアと俺が迎え撃った。

岩の人形には絵で描いたような目と鼻と口がある。

線だけど。

寝ているほうは頭を下げているので、線の目が動いているかどうかは分からない。

睡眠には二種類ある。寝ているときに眼球が動くのがレム睡眠、動かないのがノンレム睡眠だ。レム睡眠かノンレム睡眠かはラピッド・アイ・ムーブメントの有無で決まる。

ノンレムゴーレムはノンレム睡眠、レムゴーレムはレム睡眠をしているのだろう。

多分。

間違いない。

線が引かれただけの岩でできた目に眼球もくそもないだろうが。

「起きます」

途中ボスが目覚め、ロクサーヌが嬉々(きき)として対応した。

「やった、です」

「こっちも起きます」

ミリアが一匹を石化させ、ほぼ同時に残ったもう一匹が目覚める。

やはり暗殺者になってから石化が増えているな。

それも、暗殺者になったばかりのころより、昨日の夕方近くや今日のほうがはっきりと石化が出やすいように思う。

暗殺者のレベルが上がっているからだろう。

状態異常確率アップはレベル依存になっていると考えるのが妥当だ。

レベル差依存かもしれないが。

魔物もレベルを持っているのだから。

暗殺者のレベルと魔物のレベルとの高低で、状態異常にする確率がどれだけアップするかが決まってくるという可能性もある。

全部の魔物が目覚めたので、ファイヤーストームを放ちながらベスタが対応しているノンレムゴーレムに背後から襲いかかった。

ミリアはボスのほうへ行く。

「やった、です」

そしてほどなくしてボスを石化させた。

やはり増えているな。

あとは、全員で囲ってボスでもない魔物をボコる。

こうなれば楽勝だ。

「ロクサーヌ、ボスはどうだった」

ノンレムゴーレムを倒し、魔法を撃ちながら聞いてみた。

「そうですね。攻撃は強力らしいですが、モーションも大きいため、よそ見でもしていなければまず当たることはありません。まあ、攻撃してくるときはびりびりと空気が震える感じなので、目をつぶっていても当たりませんけどね」

恐ろしいことをおっしゃる。

確かに、レムゴーレムのパンチには空気が震えている感じがあった。

空気が震えるほどの攻撃→絶対的ピンチ

これなら分かる。

空気が震えるほどの攻撃→目立つから簡単に回避できる

これが分からない。

どうなってるんだろうね、ロクサーヌの神経回路は。

「……」

「……」

セリーと目が合ったが、お互い何も言えなかった。

言葉もないので、淡々と魔物を片づける。

「岩だな」

全部の魔物が消えると、岩が三つ残った。

岩は、ノンレムゴーレムのドロップアイテムだ。レムゴーレムも同じらしい。

使えないな。

「レムゴーレムは、岩とダマスカス鋼を残します。今回は残念でした」

セリーが岩を拾いながら教えてくれる。

ダマスカス鋼を残すこともあるのか。

確かに全部ノンレムゴーレムと一緒ってことはないわな。

レムゴーレムの体の一部が金属でできているとはこのことか。

「ダマスカス鋼か。残ったらセリーが鍛冶できるか？」

「まだまだ経験が必要です」

ダマスカス鋼が今すぐ必要ということはないか。

鍛冶師が装備品を作っていくには簡単な素材のものから順番にやっていかなければならない、とセリーは主張している。

単純にレベル依存なんじゃないかなあ、という気はするものの、特に反対はせず、その辺はセリーにまかせっぱなしだ。

素材を買い集めて装備品を作らせる、ということもしていない。

空きのスキルスロットがついた装備品を得るためには数を打つ必要がある。結局、そのためには自分たちで取ってこられる素材でないとうまくいかないだろう。

「結構先は遠いな。ゆっくりやっていこう」

「はい。ありがとうございます」

まああまりセリーにプレッシャーをかけるのもよくない。

現状でも十分に役立ってくれている。

のんびりやっていけばいいだろう。

ボスを倒して三十二階層に抜けると、ロクサーヌが新たな獲物を発見した。

「嗅いだことのない匂いの魔物が近くにいますね」

「セリー、三十二階層の魔物は何だ？」

「クーラタルの迷宮三十二階層の魔物は、ロックバードです。体が岩石でできた鳥で、その岩をこちらに飛ばしてくることもあります。土属性の魔法も使い、土属性に耐性があります。弱点属性はありません」

名前のとおりのロックなバードなのか。

そしてノンレムゴーレムに続いて弱点属性はなしと。

結構大変になりそうだ。

まあ、どの属性を使うかいちいち考えなくていいというメリットはある。

あるか？

まあそうしておこう。

「そうですね。弱点属性がないので三十三階層までに出てくる魔物の中では強敵のほうだとされています」

「強そうだな」

「なんにせよ戦ってみよう」

セリーもストップはかけないか。

であれば、戦ってみるよりない。

ロクサーヌが、当然やるんだろうな、みたいな目で見てきているし。

「はい。こっちですね」

嬉々とした表情のロクサーヌの先導で進む。

出てきたのはロックバード二匹だった。

結構いい感じだ。

いきなり五匹のところには連れてこないあたり、ロクサーヌも分かってきているな。

ロックバードは、割と大きな鳥だった。

ハクチョウくらいはあるのではないだろうか。

ハクチョウを直接見たことはあまりないから、自信はないが。小学校低学年のころに遠足で行った公園で見たような記憶がある。

そう考えると、俺の体も小さかっただろうから、相対的にハクチョウより大きいか。

よく見かけるハトやカラスなどよりかは断然大きい。
茶褐色をしているから、名前のとおり岩でできているのだろう。
セリーの情報に間違いはない。
頻繁に羽ばたいてはいないが、翼を広げて空中に位置していた。
滑空している感じか。
四人が駆け出し、俺もファイヤーストームを放ちながら追いかける。
ロクサーヌとベスタが魔物の正面をふさぎ、ミリアとセリーが周囲を固めた。
ロックバードも上空に逃げることはなく、肉弾戦を挑むようだ。
だいたいどんな魔物も好戦的だよな。
ロクサーヌ同様。
つまりロクサーヌは……。
「やった、です」
などと変なことを考えている間に、一匹が石化して床に落ちる。
二匹なのでミリアが横に回ったのがよかったのだろう。
残った一匹を全員で囲んだ。
こうなれば、正面のロクサーヌに魔物の攻撃が通用するはずもなく。
「うーん。こんなもんですか。まだまだですね」

ロックバードの肉弾攻撃もロクサーヌには不評のようだ。
やはりロクサーヌは。
戦闘時間は長くなったのでそれで勘弁していただきたい。
ただし戦闘が長くなると。
「やった、です」
ミリアが片をつけてしまった。
やはり二匹なら問題はないな。
あとは、数が増えたときにどうかということだろう。
魔法で石化した魔物を始末する。
ロックバードが煙となって消えた。
残ったのは、羽だ。
鑑定すると羽毛と出る。
これがロックバードのドロップアイテムらしい。
「羽毛か。何に使うんだ」
「インクをつければ、パピルスに文字が書けます」
ロクサーヌとベスタから羽毛を受け取り尋ねると、セリーが教えてくれた。
そのままペンとして使うらしい。

「羽根ペンか」

「それから、軸を取り去って布に詰め、掛け布団として使うこともできます」

「羽毛布団か」

「高価なアイテムを使う上に軸を取り除く手間がかかるので、羽毛を使った布団は相当な高級品です。軸を取り除いていなかったり、別のものを混ぜて入れたりする粗悪品も多いと聞きます」

「悪徳商法か」

悪質な業者というのはどこの世界にもいるようだ。

こっちではクーリングオフもないだろうし。

でも羽毛布団か。

作れるのなら作ってはみたいな。柔らかそうだ。

そのふかふかサワサワぱふぱふの羽毛布団で寝る。

隣にロクサーヌやベスタをはべらせて。

布団の柔らかさと、ロクサーヌの肌のなめらかさと背中から尻尾にかけての毛の繊細さと、ベスタの肌の涼しさと。

最高だ。

最上だ。

とても眠ってなどいられぬ。

今夜はフィーバーだ。

ただし、羽毛は小さい。

布団を作るのに百や二百では足りないだろう。

いったいいくつ必要なのか。

一時間にがんばって五十個集められるとして、一日十時間狩りをして五百。羽毛布団を作るのに五千個必要だと仮定すれば、十日間三十二階層に居続けなければいけない。

うむ。それもまたよしか。

ここのところ一日に一階層ずつ上がっていくという荒行を繰り返している。いつか壁にぶち当たるはずだ。限界が来たとき、運が悪いと迷宮では死ぬ可能性がある。

ここらで十日程度ゆっくりするのもいいのではないだろうか。

あるいは、羽毛布団じゃなくて羽毛枕にするか。

しかし羽毛枕は好き嫌いが分かれそうな気もする。

俺が使うとなるとロクサーヌたちには強制ということになるし。

細長い枕を作れば五人全員で使えるとはいえ。

何か作るなら、せっかく得たアイテムの羽毛を売るのは馬鹿らしい。

作るかどうか、作るなら何を作るか、早めに決める必要がある。

ギルドで買うのも馬鹿らしいから、自分たちで集めるのがいい。

よし、決めた。

羽毛布団を作ればいいだろう。

十日ほど一休みだ。

それくらいはどってこともない。

「すぐ近くに魔物はいませんね」

の前にボス戦か。

ロクサーヌが気持ちよく受け入れてくれるかどうか分からない。

命令すれば拒否はしないだろうが、それもあれだし。

提案するタイミングが重要だ。今日の終わりくらいでいいだろう。

先送りとも言う。

三十一階層に戻って、ボス部屋へと進む。

その後はボス戦を繰り返した。

朝食をはさんで、再度ボス戦へ。

何度か戦っていると、ボス部屋への扉が開かないことが続いた。

「また閉まっているのか」

「ボス戦をしているのでしょう。私たちと同じく、ボス戦を繰り返しているパーティーがいるのかもしれません」

「なるほど。それなら重なってもしょうがないか」

ロクサーヌと会話する。

ボス戦を繰り返すパーティーが二組以上いれば、待機部屋で待たされることが続いてもそれは当然のことだろう。

フィールドウォークで戻ってくるから、条件に大差はない。

今までいなかったのが不思議なくらいか。

「いえ。おそらく今ボス戦をしているところはパーティーメンバーに魔法使いがいないのでしょう。だから特別に時間がかかっているのだと思います。レムゴーレムは魔法使いのいないパーティーでも比較的楽に倒せる最後のボスになります」

セリーは別意見のようだ。

「楽なのか？」

「眠っていない魔物から集中攻撃して倒すそうです」

「寝ているからか」

「はい。もちろん場合によっては出てきた魔物全部が寝ていないこともあるので、最悪の場合に三匹を相手にできる実力は必要です。ただ、ボス部屋なら時間をかけても他の魔物の乱入がないので、安全に戦えます」

ボスを倒すほどの実力があるならもっと上の階層に行けるだろうが、魔法使いのいないパーティーが実力相応の階層だとはいえちまちま戦っていたのでは、複数の団体が現れたとき一気に形勢逆転となる。

もともと殲滅(せんめつ)速度が遅いのだから大ピンチだ。

そんな危険を冒すなら、レムゴーレムを相手にしていたほうがいいということか。

「なるほどね」

「レムゴーレムは人気があるという話を聞いたことがあったのを忘れていました。二十三階層や二十四階層に出てくる迷宮ではそれなりに人が集まるそうです。三十一階層のレムゴーレムを相手にするのがふさわしいパーティーもあるのでしょう」

つまりこの状態は一日続くと。

さっきまで順調に戦えていたのは、まだ朝で時間が早かったからか。

もともとクーラタルの迷宮は人が多い。日中だとどうしても混むのだろう。

「分かった。じゃあ今日は三十二階層で戦ったほうがいいだろう」

「三十二階層のボス戦ですか？」

いやいや。

ロクサーヌよ、どうしてそうなるのか。

目を輝かされても、知らんがな。

「そうではなくて、ロックバードを狩ってみよう」

「ロックバードですか？」

「せっかくだから羽毛布団を作ってみようと思う」

「羽毛布団ですか。分かりました」

ロクサーヌの承認を得た。

これで安心だ。

「布地を買っていただければ、布団はみなで作ります」

セリーも賛成のようだ。

布団も作ってくれるらしい。その中に羽毛を詰めていけばいいのか。

「やる、です」

「大丈夫だと思います」

「じゃあそれでいいな」

このまま一気に押し切れる。

これで十日間ほどゆっくりのんびりだ。

「分かりました。三十二階層へ行ったら、ロックバードの多いところを探しますね」

ロクサーヌが不吉なことを言いだした。

なにかよからぬことをしてしまったような気がしてならない。

大丈夫だろうか。

絶対ロックバード六匹のところとかに連れていくつもりだろう。

三十二階層からは魔物が最大で六匹になるのだ。

大丈夫じゃないと思います。

「ま、まあ、その分上の階層に進むのが少し遅くなるが」

「いえ。毎日少しずつ三十二階層で戦っていけば、問題はないでしょう」

がーん。

急いで違う角度から攻めてみたら、セリーが冷徹に俺の短慮を打ち砕いた。

そうか。

そうだよな。

なにも三十二階層にこもる必要はない。アイテムを採りに戻ってくればいいわけだ。毎日少しずつためていけばいい。

さすがセリーは合理的だ。

これで今までと同じように一日に一階層ずつ上がっていったら、戦えるかどうか確認する時間が短くなるだけではないだろうか。

失敗した。

羽毛布団なんか提案しなければよかった。

まあ羽毛布団自体はほしいからいいか。

「三十二階層のボス部屋には行かないんですよね」

ロクサーヌが追い打ちをかけてくる。

ようやくボス戦の順番が回ってきて三十二階層へ抜けると、紙切れをひらひらさせながら聞いてきた。

持っているのはクーラタル三十二階層の地図だろう。

「持ってきてたのか」

「こんなこともあろうかと」

ないから。

「きょ、今日はこのまま羽毛を集めよう」

「分かりました」

おお。

分かってくれた。

ロクサーヌなら、よろしい、ならばボス戦だ、と言ってくるかもと心配したのに。

こんなにうれしいことはない。

いや待て。

そもそも、三十二階層で戦うのは三十一階層のボス部屋が混んでいる代替だ。

三十二階層のボス戦まで進む道理はない。

たとえ違いが一日でも。誤差の範囲でも。

ロクサーヌの要求が間違っている。

引くのが当たり前だ。分かってくれたなどと喜んでいる場合ではない。

危うくだまされるところだった。

気を取り直して、ロックバードを狩っていく。

ロクサーヌが魔物の数の多いところに案内してくれるから、大変だ。

正確には、魔物の数の多いところではなく、ロックバードの多いところのはずだが。

だから、全部で五匹だがロックバードは一匹の団体と、ロックバードが二匹だけの団体となならロックバード二匹のほうを選んでいる、はずだ、といいな。

まあ全部で五匹でも問題はない。

「やった、です」

「少し下がります」

ミリアが一匹くらいはすぐに石化する。

一歩下がれば、残った四匹はたいていすべて前衛に並ぶので、セリーの槍(やり)の射程距離内になって全体攻撃魔法はキャンセルできる。

あとは勝利へ一直線だ。

前衛陣は三対四で大変かもしれないが、ロクサーヌがなんとかするだろう。

「やった、です」

ミリアがもう一匹くらい石化すると、完全な逃げ切り態勢に入れるし。

ボス戦がないとときおり雑魚(ざこ)戦でデュランダルを出してMPを回復する必要もあるが、そこは適宜なんとかしている。

最初は五匹でもいつまでも相手は五匹ではない、というのがポイントだな。

これでまだ博徒の状態異常耐性ダウンを使っていない。

全力ではないということだ。

まだまだ余裕がある。精神的に。

実際に、本当に余裕があるかどうかは分からない。もうギリギリかもしれない。

それでも、切り札が残っていると思えば、気は楽になる。

夕方まで羽毛を集め続けた。

「そろそろ夕方近いですね」

「そうか」

ロクサーヌの指示で、本日の営業を終了する。

「まだ少し早いですが、帝都に連れて行ってもらえますか。布団用の布地を購入します」

「やっぱりそういうものは帝都か」

「ご主人様が使われるのですから、いい布地にすべきです」

そういうものなんだろうか。

俺としてはどうでもいいが。

「まあ丈夫なもので頼む」

「美しく染色された絹の布地などがよいと思います」

「そうですね。いいものがあればいいのですが」

「絹、です」

「それがいいと思います」

いい布地にするのは全員が賛成のようだ。

「綺麗な柄のなんかは布団カバーで使えばいいと思うが」

「布団カバー、ですか？」

セリーが尋ねてきた。

こっちでは布団カバーは使わないのだろうか。

ちなみに、今のところ我が家ではタオルケット代わりの毛布しか使っていない。

「布で袋を作って、布団の上からかぶせるんだ」

「なるほど。それなら気分によって好きな色を選べますね」

「よごれてもカバーだけ洗えばいいわけですか。カバーだけなら毎日洗えますし」

「さすがに毎日は大変だろうけどな」

洗濯担当のロクサーヌが言ってくるが、毎日は大変だと思うぞ。

「そうですか？　そこまで大きなものにもならないと思いますが」

「結構な大きさになると思うぞ」

ロクサーヌとは認識の齟齬があるようだ。

「ご主人様が使う布団なので、ご主人様の体の大きさに合わせれば」

「いやいや。布団は全員の体の上に掛けられるくらいのサイズで」

俺だけが使うから小さいのでいいと思っていたのか。

「えっと。私たちもよろしいのですか」

「いやまあ全員で寝るのだし」

「ありがとうございます」

ちゃんと一緒に寝てくれるようだ。

「私も柔らかな高級品だという話しか聞いたことがないので、楽しみです」

セリーを見ても、うなずいてくれた。

「おふとん、です」

「冬に暖かそうだと思います」

みんなも大丈夫そうだ。

特に竜人族のベスタに冬はつらいらしい。暖かい羽毛布団があれば安心だ。

「大きいものとなると、羽毛を集めるのも大変ですか」

セリーが考え込む。

毎日少しずつ集めればいいと言ったのは俺用の小さいサイズだと思ったからか。大きい布団なら時間がかかる。

やはりここは十日ほどのんびりと。

「寒くなるまでにはまだ日もあるので大丈夫だと思います」

今度はベスタがまっとうな意見を。

羽毛布団は暖かいだけが目的ではないと言いたい。

「ご主人様用のでないならば、わざわざ帝都まで行くこともないですか。布団カバーを別に作ればいいのですし」

ロクサーヌも意見の変更を考えるが、そこまでしなくていい。

そんなことを言われると意地でも帝都で買いたくなるだろう。

これは単に俺の性格がひねくれているだけか。

悪かったな。

「そう言わずに帝都まで行けばいい」

帝都の冒険者ギルドにワープした。

布団カバー用の生地も必要なら、一度に手に入ればいいだろう。

羽毛を集めるのにまだ日数はかかるとしても。

一緒に買えば三割引の特典もある。

「こっちだそうです」

店の場所は冒険者ギルドでロクサーヌたちが聞いてくれた。

ロクサーヌに案内されて、帝都の街を歩く。

迷宮と一緒だ。慣れている同じ行動様式だとは言える。

連れられて行ったのは、布地が大量に置いてある店だった。

服屋とかではなくて、布地だけが展示されている。

あるいはオーダーメイド専門店かもしれない。

生地のことなんかはまったく分からないので、ロクサーヌたちが選んだものを渡されたままに購入する。

もちろん、時間はたっぷりと。

布団用と布団カバー用らしい。結構な量なので、大きさも考えているのだろう。

家に帰ると、ロクサーヌとベスタが布団を作り始めた。

といっても縫って袋にするだけだろう。

俺はその間に風呂を入れる。

ここのところ連日だ。人間、贅沢には慣れてしまう。
しかし、風呂にはロクサーヌ、セリー、ミリア、ベスタと、みんなが入るのだ。
俺と一緒に入るのだ。
毎日であっても風呂を入れずにおれようか。
毎日が楽しみだ。
風呂を入れ終わると、売らずにとっておいた羽毛を全部出した。
「じゃあ、軸を取り除いて羽毛を布団に入れるか。みんなも頼む」
夕食担当のセリーとミリアを除いて、ロクサーヌ、ベスタと三人で羽毛布団を作る。
羽毛は、手で強くしごくと割と簡単に軸からはずれた。
軸をはずした羽毛はふわふわのさわさわになる。
これならそう面倒なことはない。
ただし、数は多い。
これを毎日やっていかなければならないのか。
今日は長い間狩っていたから数が多いのだろうとはいえ。
まあしょうがない。しばらくは辛抱だな。
毎日が大変だ。
次の日は、誰も止める者がなく、三十二階層のボス戦に進む。

先頭を進むロクサーヌの足取りが軽い。

「うーん。あっちへ行けば魔物が近いですが、ノンレムゴーレムまでいますし、あんまり数はいませんね。さっさとボス部屋に向かいましょう」

途中魔物の数が少ない団体には見向きもせず進んだ。

地図も見ずさっさとボス部屋に案内する。

「地図はいいのか？」

「昨日のうちに覚えてしまいましたから。近くまで来て場所も確認しています」

一日待たせたせいか、やる気は満々のようだ。

ロクサーヌの案内ですぐにボス部屋へと到着した。

「ロックバードのボスはファイヤーバードです。ロックバード同様に弱点となる属性はありませんが、火魔法を使い、火属性に耐性があります。耐性のある属性が異なるので注意が必要です」

待機部屋でセリーからブリーフィングを受け、ボス部屋に足を踏み入れる。

ロックバードのボスは、ロックバードとは耐性が違うらしい。

珍しいパターンだな。

大抵は同じことが多いのに。

まあロックバードとファイヤーバードだからな。

名前どおりといえば名前どおりだ。

ボス部屋に入った。

中央に煙が集まり、魔物が姿を現す。

ファイヤーバードは、赤い炎に覆われた鳥だった。

おお。

火の鳥だ。

フェニックスだ。

紛れもなくファイヤーバードだ。

燃えている。

燃え上がっている。

すべてを焼き尽くす灼熱の炎。逃れうる者のない業火による蹂躙。このボス部屋に足を踏み入れた者はあますところなく焼かれるであろう。

そしてゴモラもまた。

ファイヤーバードがその恐ろしげな炎の頭部を振り込む。

見る者を塩柱に変えてしまいそうな圧倒的な一撃。

を、ロクサーヌが軽くスウェーして回避した。

かわしちゃうのね。

三十二階層のボスの攻撃でも、やはりロクサーヌには通用しないか。

次の刺突も首を振ってよける。

よけ幅は、いつもより若干大きいだろうか。炎が揺らめいている分を勘案しているのかもしれない。

いつもより余計にかわしております。

ロクサーヌが肉体労働担当。

ギャラは同じでございます。

などという文句が脳裏をよぎった。

まあ一つの財布に入るわけだし。

頭脳労働担当の俺はウォーターストームをぶっ放しながらロックバードを叩く。

それただの肉体労働。

まあ正面はベスタにまかせて横からデュランダルを打ち込んでいるだけだし。

別のロックバードを石化させてミリアもファイヤーバードの攻撃に加わった。

どうやら熱くはないようか。別に普通に戦っている。まあ水魔法が弱点というわけでもなし。大丈夫なんだろう。

剣も燃えていないし。

「やった、です」

その燃えていない剣で、ファイヤーバードが石化し地に落ちる。
石化したはずなのに炎は普通に揺らめいているような気が。
気のせいだろうか。
戦っていたロックバードをようやく倒して、石化したファイヤーバードを片づけようと
取りかかったら、普通に熱いような。
いや。気のせいだな。多分。
気のせい。
魔物がアイテムを残して消える。
ロックバードは羽毛を残し、ファイヤーバードも何かのアイテムを残した。
皮っぽい。
鑑定してみると、オストリッチと出た。
オストリッチ……。
ダチョウかよ。
火の鳥と聞くと威厳がありそうだが、中の鳥はダチョウかと思うとがっかりだな。
宙に浮いていただけでもよしとしよう。
中の鳥などいない。
「これは防具にでもなるのか？」

「オストリッチですね。防具にはなりません。柔らかすぎるようです。柔らかくて丈夫なのでカバンなどに利用されます」

セリーに聞いてみたが、防具の素材にはならないようだ。

オストリッチの鎧（よろい）とかは見たこともないしな。

カバンに使うのか。

ブランド物のバッグとかありそうな気がする。

下手に突っつくと危ないので話題を変えよう。

「さすがにここまでくるとボス戦も大変だな。ミリアが石化してくれなかったら長時間の戦闘になっただろう」

「そうですか？　どちらかといえば単調な攻撃でしたし、ご主人様が魔法も使って攻撃してくださるので、たいしたことはありませんでした」

ロクサーヌ的には単調な攻撃だったのね。

タンチョウではなくダチョウだったと言いたい。

「そうですね。長時間にはなるでしょう。ただ逆に言えば、戦闘時間が長くなれば石化が出やすいということでもあります」

「やる、です」

「大丈夫だと思います」

この三人的にも問題はなしと。

セリーが言うとおり、長時間になればミリアの石化が決まりやすくなるわけで、あとはその間ロクサーヌがボスの攻撃をかわし続ければいいのか。

冷徹だが合理的な意見のような気がする。

さすがはセリーだ。

「なるほど。まあファイヤーバードとも何回か戦ってみればもっと傾向も分かるだろう」

「はい。今日は一日三十二階層のボス戦ですね」

今日は、とは何だ。今日は、とは。

明日は違うみたいじゃないか。

誰かロクサーヌを止める者は。

「クーラタル迷宮三十三階層の魔物はドライブドラゴンです。ドライブドラゴンは、四つの属性魔法すべてを駆使し、四属性すべてに耐性がある強力な魔物です。二十三階層から三十三階層の間に出てくる魔物の中でダントツに強いとされています。クーラタルの迷宮では三十四階層のコボルトケンプファーよりも強いのではないかと言う人もいます。今、三十三階層で無理に戦う必要はないでしょう。ボーデの迷宮は、三十階層から火魔法を弱点とする魔物が続いていて、三十三階層はかなり戦いやすいはずです。しばらくボーデの迷宮三十三階層で戦ってみるのもいいのではないでしょうか」

おおっ。いた。

セリーが冷徹にロクサーヌを止める意見を述べてくれた。

俺は今猛烈に感動している。

さすがはセリーだ。

これは採用せねば。

「うむ。そうだな。ハルツ公爵との約束で公爵領内の迷宮にも入る必要がある。明日からしばらくはボーデの迷宮に行くのもいいのではないだろうか。やはりセリーの提案だけにすばらしいものがある。公爵との約束もあるし」

大事なことなので二回言いました。

「はい」

「クーラタルの迷宮だと階層突破の尾頭付きもしばらく食べていないしな」

「行く、です」

もう一人賛同者を集めた。

「それでいいと思います」

ここまでくればもう一人は何もしなくても賛同してくれる。

包囲網を形成してロクサーヌを見ると。

「そうですね。仕方ないですか」

おおっ。

ロクサーヌが。

ロクサーヌが折れてくれた。

こんなにうれしいことはない。

ハルツ公爵とのかかわりが今までこれほど役に立ったことがあっただろうか。

今初めて、俺はハルツ公爵に感謝している。

「では、そういうことで」

気が変わらないうちに確定しておこう。

「分かりました」

ロクサーヌもうなずいてくれた。

その日は夕方近くまでファイヤーバード戦を繰り返し、一度ボーデの迷宮に赴く。

明日からボーデの迷宮に入ろうとすると深夜早朝は入り口に探索者がいないだろうし、
そうすると、ロクサーヌがクーラタルの三十三階層へ、などと言い出しかねないからな。

危険の芽は事前に察知して摘み取っておく必要がある。

そうでないとサバンナでは生きていけない。

ここはサバンナだったのか……。

ボーデの迷宮の入り口近くにワープした。

入り口にいる探索者に三十三階層まで連れて行ってもらわなければならない。

今ボーデの迷宮はどこまで探索が進んでいるのか。一番上の階層へなら、ハルツ公爵領騎士団のエンブレムを使えば無料で行ける。

さすがに三十三階層ということはないだろうと思うが。

情報がクーラタルの探索者ギルドにまで出回っているのだし。

ボーデの迷宮に着くと、中から何組かのパーティーが出てくるところだった。

夕方近いからか。

帰宅ラッシュに居合わせてしまったようだ。

あんまり意識したことはないが、当然こうなるよなあ。

この世界だって人間は夜行性の動物ではない。

今から帰宅して夕飯を作って食べて寝れば、ちょうどいいくらいの時間だ。

あ。また中から別のパーティーが。

「おお。ミチオ殿ではないか」

ハルツ公爵のパーティーだった。

間の悪いことに。

そうでもないか。

ちゃんと領内の迷宮に入っていることを示せた点は大きい。

もう一つある。

俺がハルツ公爵に対して苦手意識というか忌避感情を持つのは、冒険者でないのに冒険者だということになっているのがそもそもの始まりだ。

インテリジェンスカードのチェックでもされたらウソがばれてしまう。その後あれこれ追及されたら大ピンチだ。

迷宮の上の階層に進むようになって、俺のレベルも上がりやすくなった。

今、探索者Lv48になっている。

冒険者には探索者Lv50でなれるはずだ。

ほかに条件があるかもしれないが、俺が冒険者になる日は遠くない。

もう公爵に会ったからといって怯(おび)える必要はなくなる日が近いのだ。

大丈夫。

大丈夫だ。

すぐに公爵なんてなんてこともなくなる。

「あ。これはどうも」

「余の領内の迷宮に入ってくれているのか」

「まあ、入っているというか、今日から入りに来たところというか」

いつも入っていたわけではない。

変に勘違いされてあとで違うじゃないかと言われても困るので、訂正しておく。

「それでもありがたい。何階層だ？」

「あ、ええっと、三十三階層へ」

「ほう？」

「い、いやまあ。クーラタルの迷宮だと、三十三階層は大変らしいですし、三十一階層のボス戦は混むので。クーラタルの三十三階層に挑む力をつけるまでの間、少しここの三十三階層で鍛えさせてもらおうかと」

何階層と聞かれて目的と異なる階層を答えるほどではないと思ったのだが、考えてみればボーデ迷宮の三十三階層は魔法の属性的に楽なので、魔法使いではなく冒険者のはずの俺がここを目指すのは不自然だったかもしれない。

あわてて、魔法使いのいないパーティーにとって最後の砦(とりで)であるクーラタル三十一階層の話をつけ加えておいた。

蛇足(だそく)過ぎてかえって不自然だったような気もするが。

それならノンレムゴーレムが三十三階層の魔物となっている迷宮に行けばいいのだし。

まあ、クーラタルと違って地図がない迷宮ではボス部屋に行くまでが大変だ。わざわざそこまでする人は少ないだろう。

鍛える人は何ケ月も同じところで鍛えるかもしれないから、ボス部屋を探索する期間くらいは誤差の範囲なんだろうか。

「ほうほう」

「ノンレムゴーレムが三十三階層の魔物である迷宮を探すという手もあったとはいえ」

ごちゃごちゃぬかすならよそへ行くぞ。

「いやいや。まことに重畳(ちょうじょう)の至り。ここの迷宮の三十三階層へは余のパーティーの探索者に案内させよう」

「おお。ありがたく」

最初からそうせえっちゅうねん。

「三十四階層と三十五階層にも案内させよう。ボーデの迷宮は今のところ三十五階層まで探索が進んでいる」

「そうなのですか」

「ここは領都に近く、一般の探索者なども集まりやすいからな。ゴスラーたちが三十三階層まではがんばって探索してくれた。ゴスラーは今、ターレの迷宮を討伐しようと向こうに入っており、それ以降はあまり探索は進んでおらん」

別に三十五階層だと探索が進んでいないという感想はなかったのだが。

どれくらいが標準なのか知らないし。

まあ、俺が三十三階層に入る話が紛れたからいいだろう。

ゴスラーたちが三十三階層まで探索したのは、下のほうの階層を探索しておけば。いろいろな人たちが自分に合った階層に入れるのでより人を集めやすい、ということか。

三十三階層までにする意味はよく分からないが、その次の区切りは四十四階層だし、四十四階層まで行けば迷宮そのものの討伐も近い。

入り口を開けたばかりの迷宮は五十階層までだ。

そこまで進むより、人の集まりにくいターレの迷宮を先に、ということだろう。

「なるほど」

「しかし、すでに三十三階層まで進んでいるのか。前は二十二階層だったのに。さすがはミチオ殿よの。仰天のスピードだ」

そういえば前に会ったときは二十二階層を探索中で、二十二階層の魔物がマーブリームである迷宮を紹介、はされずにあそこにだけは行くなと言われたんだよな。

三十三階層は進みすぎか？

でもなあ。

「二十三階層から三十三階層までは別にそれほどのあれでも。地図さえあれば」

「そうか。そうか？」

「装備も整えたし、うまくはまったというところでしょう」

納得せよ。

「まあそれでもさすがよの。三十四階層に入るようになったら、ぜひ一度城のほうを訪ねて来てくれ。楽しみにしておる」

厄介ごとだろうか。

まあ、そこまで疑っていてはきりがないな。

冒険者の獲得まであと少しだ。

冒険者になれれば、多少のことはどんとこいだろう。

むしろ冒険者獲得までの時間的猶予をもらったと前向きに解釈しておこう。

三十四階層へ進むのは十年後二十年後ということも可能だろう、ということ。

「は」

「ではな」

公爵たちは徒歩で去っていった。

騎士団の冒険者はターレの迷宮のほうに割り当てているのだろう。

ここの迷宮ならボーデの宮城から徒歩圏内だ。

俺たちは、残った探索者をパーティーに入れ、三十三階層、三十四階層、三十五階層を案内してもらう。

三十四階層も三十五階層も必要がないといえば必要はないが、案内してくれるというのなら受けておけばいいだろう。

案内のあと、三十三階層で二回ほど戦ってから家に帰った。

ボーデの迷宮三十三階層に出てくる魔物は火属性を弱点とするものが多い。ファイヤーストームを使って戦えば、クーラタル三十二階層のロックバードよりも早く片づく。

これなら何の問題もないだろう。

その日の夕食はご機嫌伺(うかがい)に白身のソテーを追加して風呂にも入る。

賛同してもらったし。

翌日から、本格的に三十三階層の探索を開始した。

ファイヤーストーム一本でほぼゴリ押しできるので、順調といっていいだろう。

ミリアが魔物を石化する回数が少なくなるくらいに順調だ。

戦闘時間が短くなったのだからしょうがない。

ボーデの迷宮三十三階層の魔物は、火属性が弱点のケープカープだ。こいつらを次々に倒していく。

ケープカープが煙となって消えると、残るのは寄生ワーム。

見た目はミミズっぽい虫だ。畑などに撒(ま)くと、肥料や土壌改良に使えるらしい。本当にミミズだ。

名前は寄生ワームだが、魔物に寄生しているのかどうかは不明である。

ドロップアイテムしか入らないアイテムボックスに入るのだし。寄生ワームも立派なドロップアイテムで、つまりは魔物の一部だ。

寄生して魔物の一部にまでなった不思議生物かもしれないが。

あるいは、魔物に寄生する魔物か。

魔物の闇は深い。

そんな中、寄生ワームではないドロップアイテムを残すものもいた。

寄生ワームほど細くない、ミミズというよりタラコっぽい何か。

鑑定するとケープカープの肝と出た。

「肝か。これは食材かなんかか?」

「珍しいアイテムらしいですね。食材ではありません。肝は、魔物に投げつけると魔物がドライブドラゴンに変わることがあるそうです」

セリーが教えてくれる。

レア食材ではないレアドロップらしい。

クーラタルの迷宮で何匹、何十匹、へたしたら百匹以上も狩ったのに、一個も残っていない。そのくらいレアだ。

まあ一日でどんどん上へ行ったし、ボス戦中心だったということもあるが。

寄生されていないケープカープもいるということだろうか。

そして、コイだけにドラゴンに変化するのか。

黄河の急流である竜門という滝を登ったコイは竜になるのだとか。

鯉の滝登りだ。

この世界のコイもドラゴンになるのだろうか。

気にするだけ無駄か。所詮魔物だし。空中を泳いでいるくらいだし。

こいつらはこいのぼりだったのか。

「魔物をドラゴンにすると、強くなったりしないか？」

「ボスなどの上位の魔物に対して使用します。ただし、魔物の強さによってドライブドラゴンへのなりやすさが異なります。強すぎる魔物はなかなかドライブドラゴンにならないそうです。もう少し下の階層のボスなら確実に、このあたりの階層のボスでも結構ドライブドラゴンにできるようです」

ボスなんかの強い魔物をドライブドラゴンにすれば弱くなるわけか。

もちろんドライブドラゴンにもボスがいてより上位のドラゴンがいるだろう。そいつをドライブドラゴンに変化させれば確実に弱体化する。

「そういうふうに使うのか」

「あとは、ドライブドラゴンをどうしても倒したいときとか」

「ドライブドラゴンを倒したいときなんてあるのか？」

「ドライブドラゴンが残す竜皮はプリプリしていて美味しいのだそうです。スープに入れて煮込めば味がワンランクもツーランクもアップすると言われています。また、肌が美しくなるともされています」

ドラゴンのドロップを鶏皮みたいに言いやがって。

美肌効果があるかどうか怪しい限りだ。

ただ、スープがうまくなるということは出汁は取れるのだろう。

いずれ試してみるべきかもしれない。

その後も、ボーデの迷宮三十三階層で探索を続けた。

その日だけではない。

翌日も、その翌日も、さらにその翌日も、ボーデの迷宮三十三階層に入った。

ケープカープの肝は、結構出ないというか、あまりにも出ない。一日に一個も苦しい。

クーラタルの迷宮みたいに駆け足で上がっていったら、確かに見なくても当然だろう。

毎日毎日迷宮の階層を上がっていくのではない幸せよ。

ロクサーヌにもぜひかみしめてもらいたい。

無理だろうが。

三十三階層まで来ているので、レベルも上がりやすかった。

さすがに探索者なんかはそうそう上がらない。色魔とか農夫とかLv30まで育てようとしているやつが。

面白いようにポコポコ上がっていく。

ちなみに、色魔や農夫にはLv30で登場する派生職はなかった。

そりゃないよな。

聞いたことはないし、思い当たるジョブもない。なんでLv30まで育てようとしたのか。

いや。いろいろと使い道はあるのだけど。夜の使い道が。

正しい使い道が。

育てて当然だろう。

後悔はない。

それらに続いて、商人もLv30まで育った。

商人Lv30になったので、奴隷商人のジョブも取得している。

奴隷商人は、使い勝手のいいものではないと思うが、取得しておいて損はない。

ロクサーヌたちもいるのだし。

武器商人と防具商人は、もっと前の段階で取得した。

アイテムボックスの大きさが三十種類×三十個というものだったので、多分探索者Lv30の派生職という扱いなのだろう。

商人のレベルもいくらかは必要ということだったのか。

商人Lv30による派生職は奴隷商人ということだろう。

しかしなぜかもう一個ジョブを取得している。

商人の派生職が他にもあったらしい。

遊び人だ。

遊び人　Lv1
効果　空き
スキル　効果設定　スキル設定　空き

商人の派生職で遊び人というのもよく分からないが。

効果とスキルの空きは、空きという効果やスキルがあるのではなく、設定されていないので空いているのだろう。

装備品にある空きのスキルと同じだ。

遊び人は効果やスキルを設定できるらしい。

スキルの中に効果設定とスキル設定があるから、それを使って設定するのだろう。

なかなか面白いジョブのようだ。

「そういえば、セリー、遊び人というジョブを知っているか？」

セリーに尋ねてみた。

セリーなら知らないということはないだろう。

「伝説のジョブですね。実態はよく知られていませんが」

遊び人の金さんを知らねえだと。

「知られていないのか」

「大昔に、自分がそうだと言った人がいましたが、どういうジョブなのかはよく分かっていません」

知られていないらしい。

珍しいジョブのようだ。

「遊び人だと言った人は何も明かさなかったのか」

「勝手に、自分のジョブは遊び人だと言いふらしていただけですから」

「なんか駄目そうな響きだな」

自分で自分を遊び人だと公言しちゃう男の人って。

「私も聞いたことがあります。遊び人皇太子のことですよね？」

ロクサーヌも知っているらしい。

さすがは世に名高い遠山桜。

奉行じゃなくて皇太子なのか。

「皇太子なんだ」

「そうです。皇太子でしたが、廃嫡(はいちゃく)されました。歴代最低の皇太子だとされています。何ごとにもこらえ性のない人で、いろいろなジョブに就いては辞めてを繰り返していたそうです。その上、嘘(うそ)と騙(かた)りがお手の物。まさに人間のクズ。帝国のごくつぶし」

「お、おう」

ひどい言われようだ。

まあ皇太子がニートではな。

遊び人が世を忍ぶ仮の姿ならよかったのに。

「そんな人の言ったことなので、あまりまじめには捉えられていません」

おうおうおうおう。

さっきから黙って聞いてりゃいい気になりやがって。

皇太子にも事情というものがあったに違いない。

いろいろなジョブに就いたというのがそれだ。

俺もいろいろなジョブを取得している。

遊び人は商人Lv30の派生職かと思ったが、そうではないようだ。さまざまなジョブを得ることによって獲得できるジョブなのだろう。

俺の場合は奴隷商人のジョブを得たことで、その規定数に達したと。

遊び人を得るまで増やしたこのジョブ桜。散らせるもんなら散らしてみやがれ。

まあ、商人と遊び人では関係がよく分からないしな。

商人Lv30で得たのは偶然の産物だ。

ひょっとして遊び人が最後のジョブなんだろうか。

と思ったが、冒険者とか神官とかまだ得ていないジョブがある。

所持できるジョブの数に上限があって、これ以上は持てないとか。

多分そんなことはないと思うが、つい余計な心配をしてしまうな。

杞憂(きゆう)だろう。

杞憂のはず、だ。

不安を紛らわすため、試しに遊び人をフィフスジョブにすえた。

もう商人はLv30まで育てたし。

効果設定と念じてみる。

ジョブがずらずらと脳裏に浮かんできて何ごとかと思ったが、効果は、遊び人が持っている効果の中から選ぶのではなく、他のジョブが持っている効果の中から選んで設定するようだ。

面白い。

探索者、英雄、魔法使い、僧侶と並んでいるから、自分が持っているジョブの中から選べるのだろう。

まあ当然か。

自分でも持っていない最強のジョブの最強の効果やスキルが設定できたら、遊び人こそが最強のジョブになってしまう。

自分が取得しているジョブ限定で好きな効果を選べると。

なんとなくだが、ならばこれからもジョブを獲得できるような気がする。新しいジョブを得ることが遊び人を強化することにもなるし。

遊び人の効果には、威力の高そうな英雄の知力中上昇を選んでみた。

魔法攻撃力が上がることを考えたら、知力上昇だろう。

遊び人　Lv1
効果　知力中上昇
スキル　効果設定　スキル設定　空き

確かに設定できるようだ。

一つしか設定できないというのは、惜しいな。一つしかないなら、ジョブとしては英雄のほうが強力だ。

英雄の効果八個は特別だとしても、せめて三つくらいあれば。

効果とスキルを三つほども設定できたら、ジョブを一つしか選択できないロクサーヌたちには遊び人を取得させるのが最善の方策になるところだ。

空きの効果が二つでも、知力中上昇を二つセットできるのならいいかもしれないが。

空きが二つあったときに知力中上昇を二つセットできるかどうか。まあそれができなくても、知力中上昇と知力小上昇ならできるはずだ。

ベスタの竜騎士が体力中上昇、体力小上昇、体力微上昇だし。

しかし仮定の話をしてもしょうがない。

俺の場合は複数のジョブをつけられるのだから、何番めかのジョブとして使う道はありだろう。

スキルのほうも設定してみる。

スキル設定で探索者のアイテムボックスを選んでみた。

アイテムボックスを開いて確認する。

アイテムボックスは、今まであった四十八列の隣に一列だけ増えていた。

遊び人のアイテムボックスは、この新しく加わった一列だけらしい。遊び人Lv1なので

アイテムボックスの容量も一種類×一個なんだろう。

探索者のときと同じだ。

探索者Lv48のアイテムボックスをコピーしたからといって、四十八種類×四十八個には

ならないようだ。

遊び人のレベル依存らしい。

となると、効果のほうも多分一緒か。

英雄Lv44の知力中上昇をつけても、上がる幅は遊び人Lv1相当だろう。

それが惜しい。

いや。ジョブを二つ育てなくていいから、普通はいいことなのか。

遊び人を使いつつ、スキルや効果を借りてくるほうのジョブも鍛えなければならないと

なると、結構大変だ。

俺は複数のジョブを持てるからそこまでもないが。

スキルに料理人のアイテムボックスを設定したら、どうなるのか。

料理人と同様、三十列増えるんだろうか。

試しにやってみる。

スキル設定と念じてジョブを選ぶ……ことができなかった。
え。
うそ。
スキルを設定できるのって最初の一回だけなの？
まさか。
もう一度やってみる。
やはり選ぶことはできない。
設定できるのは一回だけのようだ。
ガーン。
油断した。
大失敗だ。
アイテムボックスなどという微妙なものを選んでしまった。
まあLv99まで育てれば使いではあるだろうが。
「どうかしましたか？」
くぼんでいるのでロクサーヌに心配されてしまう。
いかんな。
「いや。大丈夫だ」

しかし、これがくぼまずにおられようか。

一回だけならそう書いとけよな。

スキル設定使い捨てとか。

スキル設定初回自由とか。

スキル設定権とか。

スキル設定チャンスでもいいぞ。

いや。装備品にある空きのスキルスロットはスキルを書き換えたりできないのだから、それと一緒か。

能天気にできると考えているほうがおかしかった。

効果のほうは知力中上昇を選んでいるから、まだしも最悪の事態は避けられている。

遊び人は、そのときに取得しているジョブの中から効果とスキルを一つだけ選ぶことができるようだ。

いろいろなジョブの中から選べるというのは、複数のジョブを取得することによって得られるジョブにふさわしい。

使い切りだけどな。

そうなると、遊び人でジョブ取得打ち切り説もあながち否定はできないか。

遊び人が最後に得られるジョブなら、遊び人獲得以降に得られるはずのジョブの効果とスキルは考えなくてもいいし。
ぬかった。
「そろそろ朝食にしてもいい時間ですね」
気を使わせてしまっただろうか。
落ち込む俺を心配してか、ロクサーヌが提案してくる。
嫌なことを忘れるために朝食にした。
ここまで美味しくなかった食事は、この世界に来て初めてかもしれない。
はあ。
そういえば、効果設定のほうも一回きりだろうか。
こんなことを考えているから、食事がうまくないんだよな。
朝食の後、効果設定を試してみた。
あ。
選べる。
効果設定は一回きりではないようだ。
効果設定は何回でもできるのか。
二回という可能性はあるかもしれないが。
それはどうだろうな。一回なら分かるが、二回は考えにくい。

同じく探索者から体力小上昇の効果を選んでみる。
どうせスキルは微妙なアイテムボックスだし、比較的どうでもいい。

遊び人　Lv1
効果　体力小上昇
スキル　効果設定　スキル設定　アイテムボックス

同じジョブから効果とスキルを選ぶのもありか。
それなら探索者のほうがいいから、めったなことでは選ばないだろうが。
効果は知力中上昇に戻すか。
効果設定と念じてジョブを選ぶ……ことができなかった。
え。
ほんとに二回？
あわててもう一度やってみるが、選べない。
まさか。

いや。
再利用時間か。
不意にひらめいて、スキル設定と念じてみる。
こっちは選べる。
よかった。
効果設定とスキル設定は、一度使うと次に使えるようになるまで時間を要するらしい。
一回とか二回しか使えないわけではないようだ。
考えてみれば、設定できなくてもスキル設定というスキル自体はなくなってないしな。
スキル設定というスキルが残っているならまたスキル設定はできる。
分かりそうなもんだよな。
再利用時間か。
なるほどね。
冷却期間はどれくらいか。
前に設定したのは、食材を買ってくる前だったから、長くても一時間というところか。
頻繁に取り替えたりできないということだ。
効果をとっかえひっかえしたりはしないだろうが。
いや。デュランダルを出すときに腕力中上昇を選び、魔法を使うとき知力中上昇に戻すとか。ないわけではないか。

遊び人のスキルには、魔法使いの初級火魔法を選んでおく。

現状では複数の魔法を撃つことはできない。

しかしそれは、ジョブが一つだからではないだろうか。

魔法を放った直後に手当てをしたり、アイテムボックスを開けたまま生薬生成をしたりということはできている。

魔法とボーナス呪文も同時に使えた。

魔法使いの魔法は複数撃てなくても、魔法使いの魔法と遊び人の魔法なら、両方使える可能性がある。

試してみるべきだろう。

第四十九章　遊び人

ミリア

現時点のレベル＆装備

暗殺者	*Lv 29*
装備	硬直のエストック 鉄の盾 チェインメイル 頑丈の硬革帽子 硬革のグローブ 硬革の靴 身代わりのミサンガ

「洗濯が終わりました」
「よし。早速、ボーデの三十三階層に行くぞ」
「はい」
朝食後、ロクサーヌたちの洗濯が終わるのを待って、すぐにボーデの迷宮へと飛ぶ。
進んでいくと、ケープカープが三匹とグミスライムが一匹現れた。
ボーデの迷宮三十三階層は火属性を弱点とする魔物が多い。
まず、ファイヤーストームと念じる。
続いてもう一回。
周囲を火の粉が舞った。
魔物に襲いかかる。
あら。しまった。
これでは二回成功したのかどうかが分からん。
はたして、二回成功したのか、一回成功して二回めは何も起こらなかったのか。
二回成功したら火の粉が二倍になる、なんていうことはあんまりないだろうし。
火が消えてから、三発めのファイヤーストームを念じる。
成功していなければ二発めだが。
火の粉が現れるのを確認し、舞う量が少なくなる時期を見計らって四発めを放った。

周囲を火の粉が舞い続ける。

これは確実に連続でファイヤーストームが放たれているだろう。

成功だ。

連続で魔法を放つことに成功した。

成功したとはいえ、今度は、いつ次の魔法を撃っていいのかが微妙になったが。

四発めの炎が消える前に、三発めの魔法の次弾が使用可能になるだろう。そのタイミングが分からない。

まあ ファイヤーストームは今までも散々使ってきた。いつ次の魔法が使えるか、大体の時間は体が覚えている。

適当に五発めのファイヤーストームを念じる。

火の粉が舞い続けているので、成功だろう。

続いて六発め、はまたタイミングが分からないんだよな。

ずらさなきゃよかった。

多少時間を置いてから撃つ。

魔物は、燃えながらも前衛陣に襲いかかってきた。

ロクサーヌが見事にかわしている。

常時燃えっぱなしだと、進軍速度も多少は鈍っているだろうか。違いはないだろうか。

あまりなさそうではある。

魔物だしな。

燃えることに対する恐怖は薄そうだ。

魔物を常時燃やしながら、ファイヤーストームを重ねていった。

すべての魔物が崩れ落ちる。

最後まで、魔法の連続発動は成功したな。

ロクサーヌが驚いたような表情で俺を見ている。

まあ戦闘時間がほぼ半分になったわけだしな。

魔物とぶつかるまでの時間は変わらないから、魔物と対峙（たいじ）する時間でいえばもっと大幅に減っている。

前衛陣にとっては体感的にぐっと短くなっただろう。

「ええっと。火の粉が途切れることなく舞っていたように感じたのですが、魔法の使い方でも変えられたのでしょうか」

代表してセリーが感想を述べた。

そっちか。

まあ言ってることはだいたい合ってるが。

さすがだ。

確かに、火の粉が舞いっぱなしでの戦闘にはなったな。

「今回はちょっとした実験を行ってみた。分かったか」

「分かります」

分からいでか、という感じか。

「ちょっと失敗だったよな」

「失敗だったのですか？」

「次からはもう少し分かりにくくなるはずだ」

「はあ」

連続で放ったほうが次のタイミングを計りやすい。

派手な戦闘も悪くはないが。

誰かに見られる可能性もある。魔法を使っているだけでも大変なのに、常時火の粉が舞いっぱなしでは。

しかも無詠唱だ。

拙い(まず)な。

「戦闘時間が圧倒的に短くなったようですが」

今度はロクサーヌか。

拙いな。

戦闘時間が圧縮されたから上の階層へ行こうなどと言い出しかねん。

「まだテスト段階だ。もっと調整が必要だが、ただし今回以上には短くならないと思っておいてくれ。最終的にはもう少し長くなるかもしれない」

「すごいです」

「簡単に言うと、火魔法を連続で放つ実験だな。テストはまだまだ続けるが、これからはこういう使い方がメインになる」

「そんなことまでできるようになられるのですね。さすがご主人様です」

「いえ、あの、普通は無理だと思いますが。そうでもないのでしょうか」

セリーは困惑している。

普通は無理なのか。

まあ無理だよな。

「すごい、です」

「すごいと思います」

ミリアとベスタはロクサーヌに感化されているようだ。

普通は、魔法使いのジョブを二つつけることはできない。

苦労人のゴスラーは魔道士だが、魔道士と魔法使いでも無理だ。

魔道士は魔法使いの上級職だろう。魔道士のジョブを取得したら、俺なら魔道士、魔法使い、遊び人のトリプルジョブもいけそうだ。

魔法の三連続攻撃を、ジェットストリームアタックと名づけたい。

先々が楽しみになってきた。

「詠唱していないので、ひょっとしたらそのおかげで魔法を連続で使うことができるのかもしれません」

セリーがロクサーヌに惑わされることなく見解を述べた。

詠唱省略はあんまり関係ないと思うが。

魔法を連続で放つにはジョブを複数持つことが肝要なだけで。

「まあ詠唱がない分、早くは撃てるか」

「いえ。そういうことではなくて……」

セリーがロクサーヌと視線をかわす。

何かあるらしい。

「違うのか?」

「えっと。普通、パーティーではスキルや魔法を使うときは声をかけあって使います」

「私たちのパーティーでは魔法を使うのはご主人様だけなのでいいのですが、複数の人が同時に詠唱を行うと詠唱がうまくいきません。詠唱共鳴と言われています」

ロクサーヌの説明をセリーが引き継いだ。

詠唱が重複するとよくないのか。

それでは確かに、魔法を連続で撃つどころの騒ぎではないな。

ロクサーヌが言い出したところをみると、誰でも知っていることらしい。

俺は初めて知った。

「そうなのか。知ってた？」

「知ってる、です」

「私も聞いたことがあると思います」

ミリアに尋ねると胸を張る。

ベスタも知っているらしい。

「詠唱共鳴があるので、複数のパーティーが協同して迷宮を探索することは基本的にありません。一つのパーティーに魔法使いが複数入ることもあまりありません。交代で魔法を放ったりすることはあるようですが」

「なるほど。さすがセリーだ」

そういえば、魔法はかなり威力があるのだから後衛陣に魔法使いを三人そろえれば強いパーティーができるはずなのに、今までそんなパーティーは見たことがない。

単に魔法使いが少ないというだけでなく、別の理由があったのか。

二人以上が同時に魔法を撃とうと詠唱するとうまくいかないと。

ＭＰの問題もあるから、交互に使うことはありとして。

「迷宮に入る者なら常識中の常識です」

「そ、そうか。普通は詠唱が邪魔をして魔法を連続では撃てないが、俺なら関係ないと」

セリーの冷たい目線から顔をそらし、一人で納得した。

「さすがご主人様です」

ロクサーヌが温かく迎えてくれる。

心の友よ。

いや。心の妻と呼びたい。

「まだ実験段階だがな。もう少しテストを続ける」

その場を取り繕い、遊び人のテストを続けた。

使えることがはっきりしたので、今度は連続撃ちだ。

次に出てきたケープカープ三匹を火まみれにする。

「やった、です」

一匹はミリアが無力化したが、ファイヤーストームを二発ずつ重ね撃ちして、圧倒的な火力で撃破した。

素晴らしい。

これなら、見た目今までとほぼ変わりなく、戦闘時間だけがほぼ半分になった。

火魔法だけでいけるこの階層は遊び人にうってつけだ。

次の魔物の団体も、その次の魔物の団体も、あっさりと切り抜ける。

これでは、ロクサーヌならずとも上の階層へ行って大丈夫だと思ってしまう。

ただし、それは罠だ。

いろいろな弱点属性を持つ魔物が混ざると大変になってくる。

遊び人のスキル枠は一つしかない。

それが問題か。

三つ四つとはいわないが、せめて二つスキルを設定できれば。

二つあれば、一番多く出てくるその階層の魔物と二番めに多く出てくる一つ下の階層の魔物の弱点属性魔法を設定できる。

そこまでできれば、多くの階層で楽に戦えるだろう。

まあないものはしょうがない。

ボーデの三十三階層は火魔法だけでいいのだから、これで満足すべきだ。

三十三階層では魔物は最大六匹で出てくる可能性があるが、たとえ出てきたとしても火属性だけでいけるからゴリ押しできる。

問題点があるとしたら、戦闘時間が短くなったのでミリアの石化が出にくくなったことくらいだろう。

贅沢な問題だ。

ボーデの三十三階層を堂々と進撃した。

戦闘時間が半分になれば、さすがにこの階層は問題ではない。

「素晴らしいテスト結果ですね。さすがご主人様です。これなら、クーラタルの三十三階層でドライブドラゴンを相手にしてもまったく問題ないように思います。いえ、もっと上の階層へも行けますね。どこまで行けますか」

おい、バカ、やめろ。

ロクサーヌ先生が気づいてしまった。

「こ、ここを走破したら、クーラタルの三十三階層へも行ってみよう」

「そうですね。はい」

なんとかなったか？

ロクサーヌ先生の意見を否定せず、こちらの要求をも通す、いい回答だったろう。

どのみち上の階層へは行くのだし。

「それがいいと思います」

セリーを見たら、セリーも称賛してくれた。

常識人が賛成してくれるのなら安心だ。

「突破して尾頭付きをゲットする必要もあるし」

「やる、です」

「大丈夫だと思います」

この二人はどうとでもなる。

「あ、次はこっちです」

いかん。

ロクサーヌが鬼探索モードに入ってしまったような気がしなくもない。

階層突破を目指して一直線、か。

実際、その後たいして日を置くことなくボス部屋に到達してしまった。

これはロクサーヌの執念か。それともそうでないのか。

獲物を求めてあちこちうろうろすれば探索は遅れがちになるし、行く方向を先決めして近くにいる魔物でも逆方向なら無視して進めば探索がはかどるだろうから、探索速度はロクサーヌの胸先三寸で決まってしまう面はある。

結構好き勝手戦わされたような気はしないでもないが。

なお、遊び人の効果を知力中上昇に戻し、遊び人のレベルも上昇した結果、戦闘時間はさらに短くなっている。

ロクサーヌもセリーも特に指摘してはきていないから、これはいいだろう。

長くなるかもしれないと言ったのに。

なぜそんなことを言ってしまったのか。

ちゃんともう少し短くなると言っておけば、ドヤ顔できたのに。

「ここはボーデの三十四階層で戦ってみるべきか、それともクーラタルの三十三階層に行くべきか。そういえば三十四階層に入るようになったらハルツ公爵が来てほしいと言っていたな。まだ行きたくないから、クーラタルの三十三階層でいいか？」

ボス戦をクリアしたあとでセリーに聞いてみる。

デュランダルを出して戦うとはいえ魔法も使っているので、ボーデ三十三階層のボス戦はクーラタル三十二階層のボス戦より楽だったろう。

これならまあほぼなんの問題もない。

だから大事なのは次だ。

次をどうすべきか。

ボーデの三十三階層でボス戦を繰り返す手もあるが、あまり意味はなさそうだ。

魔法職が二つになったから、デュランダルを出さずにボスと戦ってみる手はあるが。

ただ、どうせすぐ上に行くからな。

雑魚戦よりボス戦のほうが大変だから、危険なボス戦は総力戦でいきたい。

経験値的にはデュランダルを出さないほうがいいだろうが、そういう縛りプレイは舐めプをしているようで不安だ。

ロードしてやり直せないだけに。

デュランダルより杖を使ったほうが魔法一発の威力は上がる。

だから、魔法職が三つになったら、デュランダルを出さないでボスと戦うことを考えてみるのもいいだろう。

「そうですね。どちらもそんなに違いはないと思います。クーラタルの三十三階層でいいでしょう。いくらドライブドラゴンが飛び抜けて強いとはいえ、コボルトケンプファーを除く三十四階層からの魔物よりも厄介ということはないはずです。どうせ行く必要もあるわけですし」

セリーが冷静な意見をくれる。

どっちでも大差ないだろうというのが穏当なところか。

遊び人のおかげもありボーデ三十三階層のボス戦は危なげなくクリアした。三十四階層でもちょっと難しめの三十三階層でもあまり違いはないかもしれない。

せっかくもう少しで冒険者のジョブを得られそうなのだ。

ハルツ公爵のところへ行くのは不安要素をなくしてからにしたい。

クーラタルの三十三階層へ行くのがいいだろう。

ロクサーヌならなんと答えるか。

いいや。そういう好奇心はいらないな。

「うん。そうだな」

「近くに手ごろな魔物はいませんね。クーラタルの三十三階層がいいと思います」

あ、はい。

ロクサーヌの見解は聞きたくなかったが、そういう即物的な意見なのね。

「尾頭付き、です」

「どっちでも大丈夫だと思います」

残り二人の意見も聞くだけは聞いてみた。

聞かなかったと気分を損なわれても嫌だし。

目線を合わせたら、意見でもない意見を答えてくれた。

「分かった。じゃあクーラタルの迷宮に行くか。最初は十七階層で」

「地図がありません。一度家に帰るのがいいと思います」

さすがのロクサーヌも今日は地図を持っていなかったようだ。

まあ破損したり、なくされたりしても困るしな。

というか、クーラタルの三十三階層へ行くと言っただけなのに、三十三階層のボス戦に挑むつもりなのね。

ロクサーヌの意見を聞かなかったのはやはり正解だ。

クーラタル三十三階層のボス戦で、とか答えかねない。

「あー。うん。今日のところは、まずドライブドラゴンと戦ってみて、だな」

「まだ時間もありますし、大丈夫です。明日は明日で三十四階層も待ってますし」

待ってない。

待ってないよと言いたい。

再びロクサーヌの暴走が始まってしまうのか？

ボーデの三十四階層に入りびたるとハルツ公爵のところに行く必要が出てくるから、あとにしたい。しかしボーデの三十四階層にしないとロクサーヌを止めるものがない。

なんという二律背反。

なんというジレンマ。

もっとも、ボーデの三十四階層に入ることにしたとしても、ここを探索して走破しなければならない理由は何もないわけだが。

探索の最前線というわけでもないし。

最前線なら言い訳も立つが、ボーデの迷宮で最前線には立ちたくない。

つまり、いずれにしてもロクサーヌを止めるものはないということだ。

それならばおとなしくクーラタルの三十三階層にしておくか。

「ただ、クーラタルの三十三階層に行く前にどこかでドライブドラゴンと戦っておくべきだろうか。そういえば、数は少ないがケープカープの肝もあったんだよな。これを使えば一階層の魔物をドライブドラゴンにして戦ってみることもできる」

「同じ三十三階層の魔物ごときにそこまでする必要はないと思いますが」

「ボーデの三十三階層でここまで戦ってきて、ボス戦も済ませています。そこまでするのは慎重が過ぎるでしょう。貴重なアイテムですから何かのときのためにとっておいたほうがいいです」

　ロクサーヌにもセリーにも不評だった。

　一日戦って一個残すかどうかという貴重なものだからとっておけというのも分かる。より強い魔物を弱体化させるのが本来の使い方らしいし。

　つまりドライブドラゴンよりも強い魔物はいくらでもいる。わざわざ経験してみるのは慎重すぎるか。

　セリーの発言には説得力があるなあ。

「分かった。そうしよう」

　結局ロクサーヌの意見にしたがう。一度家に帰ってからクーラタルの迷宮に移動した。

　まずは尾頭付きを狙う。

　トロにステップアップしてもいいが、贅沢を覚えさせるのもな。

　マーブリームは料理人までつけた総力戦で迎え撃つ。

　遊び人の初級火魔法は、変えると簡単に戻せないから、変更していない。

十七階層は魔法使いのみでも戦えるので、遊び人のスキルをレア食材ドロップ率アップにして、料理人と効果が重複するかどうか試したりとかしたかったのだが、自重する。

まあ十倍とかにはなるはずもないし。

早く残ったら残ったで、遊び人のスキルを戻せなくなるし。

好きなときに自由に変えられないというのは、不便ではある。

遊び人のスキルは初級火魔法のまま、灼熱(しゃくねつ)した砂が魔物を襲った。

見た目的には強そうだ。

マーブリームは土属性が弱点だから、魔法使いのサンドストームと遊び人のファイヤーストームを使ってこうなった。

土魔法と火魔法で溶岩地獄か。

いけそうな気がする。

水魔法と火魔法で熱湯地獄とか。

風魔法と火魔法なら、いつもより余計に燃え上がりそうだしな。

風が強すぎると火を消してしまいそうだが。

大丈夫なんだろうか。

属性の組み合わせによって相性があるとか、あったら大変だ。

まあそういうことはあまりなさそうには思う。

組み合わせに相性があったら、弱点魔法や耐性はどうなるのか。

水魔法か風魔法かに耐性があるだけで、暴風雨が防げるとか。

駄目じゃん。

「すごい。さすがご主人様です」

「なるほど。こういうこともおできになられるのですね」

「白身、です」

「すごいと思います」

連続魔法であっさり敵を退けると、四人が褒めてくれる。

約一名はどうか分からんが。

その後、尾頭付きを求めて十七階層で戦った。

溶岩地獄で次々と魔物を倒していく。クーラタル十六階層のビッチバタフライは火属性に耐性があるから微妙に相性が悪いが、たいした問題ではない。

この簡単さを考えると、三十三階層の戦いがいかに大変かということが分かる。

つい一、二週間ほど前はこうだったんだよな。

この簡単さは魔法職が二つになったことが大きいのだとしても。

実験も少しだけ行った。

一発めにファイヤーストーム、二発めにサンドストームと念じる。

溶岩地獄にはならなかった。

火の粉は出たが砂嵐は発生しない。土魔法はうまくいかなかっただろう。

すぐにファイヤーストームと念じると、火の粉が舞う。

こっちは成功だ。

多分、一発めの火魔法に魔法使いの初級火魔法が発動したのだろう。

二発めにサンドストームを撃とうとしても、遊び人のスキルには初級火魔法しかなく、魔法使いは火魔法を使ってしまっているので発動しなかったと。

その状態でファイヤーストームと念じれば、今度は使っていない遊び人の初級火魔法が発動する。

魔法使いの魔法から先に発動するのは、ジョブの順番が関係しているのだろうか。

あるいはレベル順か。

順番を入れ替え、次の団体に火魔法土魔法の順で溶岩地獄をお見舞いした。

ちゃんと火の粉と砂が舞う。

ちなみに土魔法火魔法の順番でもうまくいった。

あれ、と思ったが、遊び人のスキルに土魔法はない。

最初の土魔法は魔法使いの初級土魔法が発動し、次の火魔法はまだ発動していない遊び人の魔法が炸裂したのか。

理屈にかなっている。

やはり先につけているジョブから順に発動していくのだろう。

レベル順だと同じレベルのときにどうなるかという問題も起きるしな。

魔法使いと遊び人の順番は、遊び人を先にしたほうがいい。

こっちにしておけば魔法の順番はあまり気にせずにすむ。

ちなみに、ジョブを入れ替えても遊び人のスキルや効果はリセットされなかった。

遊び人のジョブをはずすことによってスキルや効果を付け替えるという手は使えない。

この手はもっと早く試しておくべきだった。

どうせできないで終わったが。

「尾頭付き、です」

二個めの尾頭付きが残り、ミリアが喜び勇んで持ってくる。

なんとかまっしぐら。

「よし。それでは三十、三階層へ行こう」

三十二階層で羽毛を集めてから、と言いそうになったが、別にロックバードなら三十三階層でも普通に出てくるか。

土属性に耐性があるロックバードを土属性が弱点のマーブリームの直後に狩り立てるのは、遊び人的には大変だよな。

今後対策が必要かもしれない。
早く羽毛布団ができればいいのだが。
羽毛布団ができるまでクーラタルの三十二階層にこもるか。
ロクサーヌを説得できる自信はないが。
まあやれと言えばやるだろうが、名目はいる。
大義名分は大切だ。
それがないから困っている。
マーブリームそのものは、遊び人のジョブを得る前にも倒してきた。
だから、遊び人のスキルがどうこうというのは贅沢な悩みでしかない。
実際、今だってほぼ苦戦せずに尾頭付きをゲットできている。
この先、楽になることはあっても難しくなることはないだろう。
対策は必要ないか。
杞憂を投げ捨てて、三十三階層へ移動した。
「では数の少ないところから頼む」
「はい。こっちですね」
どうしてもつい指示してしまうな。
ロクサーヌも分かっているだろうとは思うが。

いきなり多数のところに連れていくのではないかという不安はどうしてもある。

日頃の言動的に。

普段の行いが悪いのだと諦めていただきたい。

ロクサーヌを先頭に進んでいくと、前方に魔物三匹が現れた。

ドライブドラゴンだ。

空中に浮かんでいる。

俺は火魔法を連発し、ロクサーヌたちは駆け出した。

若干数が多いのは、ほかに適当な団体がなかったのかもしれないし、二匹と三匹で匂いの違いが分からなかったのかもしれないが、ロクサーヌだけに疑わしい。

日頃の言動的に。

魔法を放ってから俺も近づくと、大きな爪のある四足と、翼とを持った細長いヘビ型のドラゴンが三匹、空中に浮かんでいた。

全長は三メートルくらいあるだろうか。

かなりでかい。

普通に恐ろしい。

迫力がある。

向こうも滑空するようにこちらへやってきた。

前衛陣に近づくと、真ん中のドライブドラゴンが口を開けて牙をむき出しにする。そのまま正面に立つロクサーヌに突っ込んだ。

ロクサーヌが上半身を倒してかわす。

さすがのロクサーヌも余裕を見て大きくよけた、と思ったら爪のついた足がロクサーヌのすぐ脇から出てきた。

あれをかわしたのか。

ドラゴンが上体を戻し、再び突進する。

今度は、ロクサーヌが首だけを動かして避けた。

竜の頭は先ほどよりは前に出てこない。

と思ったら、前足をロクサーヌが盾で止めていた。

前足の小指とかが盾で止められたら痛そうだな。

それだけで魔物を倒せそうだ。

両サイドの二匹もそれぞれミリアとベスタを攻撃する。

ミリアは大きくかわし、ベスタは剣で受けていた。

こちらもそれほど問題はなさそうか。

ミリアはドライブドラゴンより俊敏だし、ベスタは敵の攻撃にこゆるぎもしていない。

さすがにベスタよりドライブドラゴンのほうが大きくはあるが。

それでも見た感じ、堂々とためを張っている印象はある。巨大なドラゴンと互角に渡り合っている。負けていない。

さすがにベスタは頼もしい。

三人が拮抗（きっこう）している間に、俺は魔法を連発する。

「やった、です」

いや、二人が拮抗している間に。

最初に石化したドライブドラゴンが煙と化し、すぐに残りの二匹も続いた。

床に落ち、煙となって消えうせる。

結構時間はかかった。

ドライブドラゴンがダントツに強いというのもうなずける。こっちは遊び人と魔法使いの魔法系ジョブ二つ体制で挑んでいるのに。

強大な相手だ。

これは今日のうちにボス戦とか、無理じゃね。

「今までになく強い相手だったな」

「そうかもしれません」

おっと。ロクサーヌにも好感触。

いや。好感触というかなんというか。

「戦闘時間も今までになく長くなったし」

「そうですか？　三十二階層でロックバードと戦っていたときのことを考えれば、大きくは変わらないと思いますが」

調子に乗ったら不評だった。

「あー。そういえばそうだったか」

「ドライブドラゴンのほうが難敵のはずなのに倒すまでの時間がそれほど変わらないなんて、さすがはご主人様です」

「……おう」

ボス戦は無理と言いたかったが、封じられてしまったようだ。

「三十二階層のときより長くはなっています。なにしろドライブドラゴンは全属性に耐性がありますからね。本来ならもっと厳しい戦いになるはずでした」

セリーからフォローともいえないフォローをいただく。

ドライブドラゴンは全属性に耐性があるからロックバードより厳しいはずが、遊び人と魔法使いのツージョブ体制になったから相殺されたということか。

遊び人がないときのロックバードとの戦いは確かに長かったよな。

あれと比べればそれほどでもないか。

ボーデの三十三階層で楽をしすぎたのかもしれない。

「魔法を使って戦う以上、三十四階層のほうが楽かもしれません」

ロクサーヌではなくセリーが恐ろしい件について。

「そうか？」

「三十四階層の魔物は、一階層ボスのコボルトケンプファーです。魔法に対しては全属性が弱点になります。ドライブドラゴンのほうが強いという声が一部にあるのは、そのせいでしょう。魔法を使えば楽に戦えるはずです」

「それはそうか」

しっかりと冷静に考えているようだ。

さすがはセリー。

三十四階層のほうが楽に戦えそうな気がしてきた。

「では、今日は三十三階層でボス戦を行うとして、明日は三十四階層でいいですね」

ロクサーヌも譲歩してきた。

譲歩してきたのか、これ？

とはいえ、三十四階層のほうが楽だからといって、今から三十四階層へ行くのも。

ロクサーヌのことだから、今日三十四階層へ行けば、明日は三十五階層へ行こうなどと言い出しかねん。

それならば今日三十三階層で戦うのはロクサーヌ的には譲歩ではないか。

譲歩としておこう。

「うーむ。それでいいか？」

「はい。三十四階層は問題ないでしょう」

「やる、です」

「大丈夫だと思います」

残りの三人はロクサーヌの譲歩案にすっかりだまされている。

こうなるともうしょうがないな。

「分かった」

「はい。これです」

了承してやると、ロクサーヌが嬉々としてアイテムを渡してくる。

ドライブドラゴンが残した竜皮だ。白くてぶつぶつがある。鶏皮みたいな竜皮だ。

鶏皮のあのぶつぶつは毛穴じゃないんだろうか。ドラゴンには羽毛でなくウロコがついていたのかもしれないが。

「これか。今夜の夕食のスープにしてみるか」

「尾頭付きスープ、です」

ミリアが魚介類のスープを提案してくる。

「作れるか？」

「はい、です」

「ミリアにまかせておけば大丈夫でしょう」

ロクサーヌを見ると、肯定してきた。

大丈夫らしい。

まあ別にミリアが料理できないということはない。今までだって魚料理は結構ミリアが担当してきた。

「分かった。では頼むな」

「やる、です」

ミリアに依頼して、次に向かう。

ちなみに、誰もドラゴンスレイヤーのジョブは得ていなかった。

ドライブドラゴンは登竜門になってくれないようだ。

あるいは、ほかに条件があるのか。

最初から一人で倒すとか。ケープカープの肝を投げつけて、違う魔物をドラゴンにしてから倒すとか。ドラゴンをドラゴンにしてから倒すとかいうのもあるかもしれない。あと、ドラゴンと死闘を繰り広げて、こっちがボロボロになりながらようやく勝たなければいけないとか。

それは嫌だな。

まあ別にいいか。

そもそもそんなジョブがあると決まったわけではない。

鑑定で誰かがドラゴンスレイヤーだったのを見たことはないしな。

積極的に狙っていくものではないだろう。

「では、ボス部屋はこっちですね」

ロクサーヌが嬉々として案内する。

途中、ドライブドラゴンに敏感に反応したため、あちこちで戦いながら、時間をかけて待機部屋に到着した。

「ドライブドラゴンのボスはランドドラゴンです。空は飛びませんが、ドライブドラゴンよりも動きがすばやいので注意してください。ドライブドラゴンと同様、全属性に耐性があり、弱点となる属性はありません」

セリーのブリーフィングを受けてから、ボス部屋に入る。

やはりボスとなるとドライブドラゴンより強敵か。

もっとも、動きが速くても、対応するのはロクサーヌだ。問題はない。ボスは一匹しか出てこないし。

ミリアの石化もある。

ボス戦を必要以上に恐れることはないだろう。
ボス部屋の真ん中に煙が集まり、魔物が姿を現した。
空は飛べないというだけあって低い位置に現れる。
ランドドラゴンだ。
どっしりと構えた四足の魔物。
床にくっついて腹ばいになった胴体。
横に張り出た四本の足。
「って、トカゲじゃねえか」
ドラゴンというより、完全にトカゲだった。
地竜ではなくトカゲ。ランドドラゴンというよりはコモドドラゴンだ。
確かにでかいけど。
これならドライブドラゴンのほうが普通にドラゴンっぽくて怖そうだ。
もっとも、地球でコモドオオトカゲを見たらきっと恐ろしく感じただろう。
それを思うと俺も慣れてきたのだろうか。
現れたでかいトカゲの正面にはロクサーヌが立ちはだかる。
そして、レイピアをトカゲの目の前で煽るように動かした。
煽るようにというか、実際に煽っているのだろう。ボスを引きつけるのがロクサーヌの役目だ。

オオトカゲの前だというのに、恐れてもいない。

むしろ楽しげにレイピアの切っ先を回している。

ドラゴンではなくトンボでも捕っているかのような気楽さだ。

さすがはロクサーヌ。

まあ俺だって別に恐怖は感じていないくらいだしな。

ドラゴンというよりトカゲだから。

こちらの世界に生まれ育ったロクサーヌならこれくらいは当然だろう。

ミリアとベスタも恐れることなくそれぞれ魔物の前に立つ。

ベスタがロックバードを恐れないのは分かるが、ミリアも恐れずにドライブドラゴンに対峙している。

あれは一応本格的なドラゴンなのに。

ミリアがドライブドラゴンのほうを受け持ったのは、石化が発動したときにドライブドラゴンのほうを無力化したいからだろう。

指示もなくすうっと魔物の前に移動するミリアもさすがだ。

ちなみに、ベスタとロックバードだとベスタのほうが頼もしそうに見えるので、さすがだという実感は湧いてこない。

大柄で頼もしいのは少し損だな。

実際は、恐ろしい魔物の正面に立つだけでたいしたものなのに。

ドライブドラゴンほどではないとしてもロックバードだって凶暴な魔物だ。

まあ、ロックバードでなくドライブドラゴンに相対していたとしても、ベスタには頼もしいという印象しか抱かないかもしれない。

さすがに頼りがいがある。

ランドドラゴンは、姿を現すと正面に立つロクサーヌにいきなり接近した。かなりの加速で一気に進む。あごを開いて恐ろしい歯を見せ、嚙みつこうと閉じ合わせた。

ロクサーヌは上体をひねってあっさりとかわし、魔物の目元にレイピアを突き立てる。

反撃も恐ろしいほどに冷静だ。

目に行くとか。

もっとも、ドラゴンのほうにそれほどダメージを受けた感じはない。まぶたを閉じて防御したのか、魔物だけに強化されているのか、目は形だけなのか。

少なくとも弱点ではなさそうだ。

そもそも魔物なんだし目から視覚情報を得ているかどうかも定かではない。

それならば耳はどうなのか、ドラゴンなら目のほかにピット器官もあるのか。ニートアントは複眼なのか、ノンレムゴーレムの目は見えるのか、などと疑惑が広がってしまう。

ニードルウッドやハーフハーブに至っては植物系だし。

そんなことを考えながら、俺は火魔法を連発しつつ、横に回ってデュランダルでロックバードを打ち据えた。

正面はベスタにまかせ、俺は横から叩（たた）くだけ。

つまりほぼ危険はない。

正面のベスタも、三十三階層程度の魔物の攻撃なら、当たってもびくともしない。ボスならひょっとしたら、というところだろうか。

実に頼もしい。

そのボスの相手はロクサーヌがしているが、ロクサーヌに攻撃が当たることは少ない。少なくとも連打を浴びる心配はほぼないだろう。

今もランドドラゴンの体当たりを軽くいなしたし。

「確かに、動きは少しすばやいようですね」

ロクサーヌは評価まで恐ろしく冷徹に下している。

少しなのかよ。

いきなり接近してきたし、結構いい動きをしていたように見えたが。

なんという上から目線。

「やった、です」

その奥のドライブドラゴンは、ロックバードが倒れるより前に石化してしまった。

俺たちもロックバードを倒し、ランドドラゴンに攻めかかる。

動きを見せるたびにこっちに来やしないかとひやひやしたが、毎回正面のロクサーヌを狙い、そしてことごとくかわされていたので、被害を受けることなく終わった。

この調子ならランドドラゴン戦も大丈夫だろうか。

むしろ、六匹出てくるかもしれないドライブドラゴンとの通常戦より楽かもしれない。

「うーむ。まあこんなものか。決してなんともならない相手ではないな」

「はい。まだまだたいした敵ではなかったですね。もっと速く動いてくれると少しは楽しめるのですが」

俺は何も聞いていない。

ここでは何もなかったんだ。いいね？

「問題はなかったですね。このくらいなら、むしろボス戦より三十三階層で普通に戦ったほうが厳しいまであります」

セリーも俺と同じ意見か。

やはりそういうことなんだろう。

「やる、です」

「大丈夫だと思います」

ミリアとベスタが、それぞれが担当した魔物のドロップアイテムを持ってきてくれる。

ランドドラゴンは、煙が消えると赤っぽいドロップアイテムを残した。

肉か。

鑑定してみると竜肉と出る。

ランドドラゴンは食材を残すのか。

「竜の肉か」

「竜肉ですね。そのまま食べられます。ドラゴンの力が籠もっているとされて腐ることがないので、探索者や冒険者でない人でも遠くに出かけるときに持って出たりします。また竜皮と同様、スープに入れると味がアップします」

セリーの説明を聞くとまんまビーフジャーキーっぽいな。

いや、ビーフではないか。

ドラゴンジャーキーだ。

「そのままでいいのか。じゃあちょっと食べてみるか？」

思わずロクサーヌのほうを見てしまった。

別に狼人族だからといってビーフジャーキーが好物ということはないだろう。

ないかもしれない。ないよね？

猫人族のミリアは魚が大好きだが。

特にロクサーヌが飛びついてくる様子は見られない。

やっぱりないか。

少しだけ切り取って、ロクサーヌに回してやる。

竜肉は、ジャーキーのように簡単に裂けた。

本当にドラゴンジャーキーなのね。

口に入れてみると、味もまさに乾燥肉だ。まあ濃厚な肉の味がして、うまい。口当たりよく、最初は歯ごたえがあって、二、三度嚙むとほぐれ、溶けていく。

「こうして魔物を倒してすぐに食べるのもいいですよね」

ロクサーヌにも気に入ってもらえたようだ。

全員に回ったあと、ベスタから受け取り、一口分切り取って再度ロクサーヌに渡した。

結構癖になる味だ。

やめられないとまらない。

そういや、スナック菓子もたまには食べてみたいな。

懐かしい。

ポテトチップスやえび煎餅（せんべい）なら工夫と研究でいけそうな気もするが、別にそこまでして食べたいわけでもないんだよな。

なければないで。

基本的に、俺にはあんまり日本の食べ物で食べたいと思うものがない。

高くてうまいものは、思い出して食べたいと思うほどに食べたことがないし、安いものは、それぱっかり食べてきたのでもう十分だし。

キャビアやフォアグラはもちろん、寿司(すし)やウナギも、ほとんど食べたことがないので、そもそも食べたいという感覚がない。

マツタケとか本物のシシャモとかなら一度は食べてみたかったか。

うまいのかね。

桃は何度か食べたことがあり、美味(おい)しかったのでまた食べてはみたいが、そこまでこだわるほど何度も食べたことはない。

メロンなんかは超高級食材すぎて。

カップ麺は、一時期夕食がそればっかりだったこともあって、食べ飽きた。

もう一生食べなくていいや。

コメなんかもたまには食べたくなるが、あれはあんまり強烈な味でもないしな。

淡白なコメの味は、食べたくてしょうがないということにはならないと思う。

海外へ行くとコメと味噌(みそ)が恋しくなるというが、俺には信じがたい。

大体いまどきの自炊する都会の日本人が味噌なんか食わねえよ。

あとはカレー。

カレーかあ。

いつか食べたいと思う日が来るかもしれないが。

その程度だよな。

そう考えると、俺はこの世界で生きていくのに適した人間であるような気もする。

「少し食べちゃってアイテムボックスには入らないから、残りはロクサーヌが持て。ああいや……」

「もうほとんどありませんね」

そんなことを考えながら食べていたら、竜肉はあっという間になくなってしまった。

そりゃ全員で食べていたらなくなるよな。

大きくはなかったし。

「まあ全部食っちまえ」

「小さいのですぐになくなってしまいますね」

「はい、です」

「食べてしまって大丈夫だと思います」

最後は、残ったひとかけらをセリーが半分にしてミリアに渡し、ミリアはそれをさらに半分にしてベスタに渡していた。

「まあなくなってもまた狩ればいい」

ベスタが小さくなったそれをさらに割ろうとしていたのを断る。

どうせすぐ手に入る。

「そうですね。またボス戦を遂行しましょう」

くっ。ロクサーヌに余計な言質(げんち)を与えてしまった。

しかし、ドライブドラゴン戦よりボス戦のほうが楽に戦えるようには思う。

ドライブドラゴンだと最大六匹が出てくる可能性があるし。

普通は違う魔物も混ざるからそうでもないが、全属性に耐性のあるドライブドラゴンが六匹も出てくると、相当に大変だろう。

きっとボス戦のほうが被害を受けることは少ない。

通常攻撃はロクサーヌが回避するし、魔法はセリーがキャンセルするし。

魔法のキャンセルや回避に失敗して攻撃を食らった場合には、もちろんランドドラゴンのほうがダメージはでかいのだろうけど。

「ランドドラゴンは竜革を残すことがあります。ボス戦を繰り返してたくさん倒せば、竜革も残ることでしょう。今の私ではまだ竜革の装備品を作成できませんが」

セリーによればランドドラゴンは竜革も残すらしい。

レアドロップが竜革なのか。

まだ竜革を使った防具は一部しか装備できていない。

自分たちで調達できる素材が装備に追いついたな。

ランドドラゴンが竜革を残すなら、素材を集めておく意味でもボス戦を繰り返さなくてはならない。

早く教えてくれよ、とは思ったが、セリーとしては自分で扱えないことに忸怩たる思いもあるのだろう。

ランドドラゴンは、三十三階層のボスだから、さらに三十三階層上の六十六階層では雑魚敵として大量に出てくる。

竜革を集めて竜革の装備品を作るような人は、六十六階層で戦えるくらいの力がある人なのかもしれない。

「素材はためておけばいい。そのうち使えるようになるだろう」

「分かりました」

しかしセリーも三十三階層のボス戦推奨なのか。

ボス戦のほうが安全だと判断しているのだろう。

セリーまでがそう判断するなら、やはりボス戦のほうが安全なのか。

まあ今日三十三階層のボス戦を繰り返すのはいい。

ただそうすると、明日は三十四階層のボス戦だ、などと言い出す人がいるんだよなあ。

しょうがないか。

「じゃあ行くか」

「はい」

「近くにコボルトケンプファーがいるなら、三十四階層でも積極的に戦ってみるのがいいと思います」

ロクサーヌの返事を聞いてボス部屋を出ようとすると、セリーが余計な一言を入れた。

セリーが。

なぜ。

「ああ、いや。ドライブドラゴンよりもコボルトケンプファーのほうが弱いかもとかいう話だったっけ」

「そうです。コボルトやコボルトケンプファーは四属性すべてが弱点です。魔法を使って戦うのなら、クーラタルの迷宮では三十三階層より三十四階層のほうが戦いやすいと思います。積極的に戦ってみるのがいいでしょう」

「なるほど」

属性の問題があるのか。

四属性すべてに耐性のあるドライブドラゴンと比べたらな。

全部が弱点属性なら、それはもう魔法に弱いだけだ。

昔コボルトケンプファーと戦ったときにはまだセリーはいなかったし、デュランダルで倒したから弱点や耐性のある属性を知らない。

三十四階層からはセリーに頼ることが少なくなると思っていたが、しばらくはそうでもないようだ。

「それでは、こっちですね」

三十四階層へ移動すると、ロクサーヌが先に進む。

あまり軽々しく進んでほしくないが。

コボルトケンプファーのほうが楽だというのなら、進むべきか。

しかし先に進むということは卒業も早くなるわけで。

積極的に戦おうというのでもなく、さりとて引き留める理由も思い浮かばず、引きずられるように進んだ。

いや。いかんな。

迷宮内でこういう中途半端な状態で戦ってはいけない。

腹をくくるべきだろう。

止められないのなら、積極的に戦うべきだ。

やるしかない。

気を引き締めて、歩く。

迷宮を進んでいくと、いた。

コボルトケンプファーだ。

本当に出てくるんだ。

別に信じていないわけではなかったが。

ボスは三十三階層上へ行くと普通の魔物として出てくる。クーラタルの迷宮では一階層のボスのコボルトケンプファーが三十三階層上となる三十四階層の魔物になるのか。

一度は戦ったことのある魔物だから、戦いやすいだろう。

それは今後とも続く。

ただしLvは34。

三十四階層だから当然だ。

ファイヤーストームの二連撃を放った。

ロクサーヌたちはすぐに迎撃のため走り出し、俺も続く。

前衛陣と魔物がぶつかり、長い戦いが始まった。

「やった、です」

長い戦いは、ミリアがドライブドラゴンを石化したことで終わりを告げる。

本当に長い戦いだった。

今まで以上に、ということではないが。

コボルトケンプファーは倒れたのに、ドライブドラゴンとの戦いが長引いてしまった。

ドライブドラゴン強すぎ。

あるいはコボルトケンプファーが弱すぎなのか。

「コボルトケンプファーのほうが弱いという説も分かるな」

「魔法で戦いますからね。魔法を使わないなら、弱いということでもないようです」

全属性に耐性がある魔物と全属性が弱点の魔物とを比較すればこうなるのか。

セリーの言うとおり、デュランダルで倒そうとすれば、コボルトケンプファーのほうが大変なのかもしれない。

別に試してみるつもりもないが。

「ここならばコボルトケンプファーを相手にしていれば楽ですね。三十四階層でも十分に戦えそうです。ご主人様と一緒ならまだまだ上の階層へ行けそうですね」

ロクサーヌがやはり恐ろしい件について。

もはや上の階層への進撃は避けられぬようだ。

進撃することに積極的ではないが、上の階層へ行くのもやむを得ぬ。

今すぐ進撃するものではないが、将来の進撃は避けられない。

まだまだすぐに進撃する時期ではないと考える。

進撃は避けたい。

無理か。

せめて今日のみは。

「そうですね。すぐ近くにコボルトケンプファーが多数の群れはいないようです」

「三十三階層へ戻ろう」

三十三階層に戻り、ボス戦を繰り返した。

ボスであるランドドラゴン戦、コボルトケンプファーが多い三十四階層での戦いはどうとでもなる。一番厳しいのが三十三階層での通常戦だというのはどうなんだ。

おかしくないか。

まあしょうがないんだろうけど。

しかし、戦闘を繰り返すにつれて、ドライブドラゴンとの長期戦にも慣れてくる感じはしてきた。

なんとなく、これでもいいような。

これでも問題なく戦えるような。

自分たちなら大丈夫だという自信が湧いてくる。

勘違いなんだろうか。

慣れてしまっていいのだろうか。

問題はないのだろうか。

慣れることは戦闘に適応しているのだとポジティブに捉えるべきか、慣れは倦怠(けんたい)や油断につながるとネガティブに捉えるべきか。

よく分からない。

まあとりあえず、集中力を欠かさなければ問題はない。

集中さえしていれば、慣れるのはよいことだろう。

だいぶ戦いにも慣れて、一日の戦闘を終えた。

夕食にはミリアが尾頭付きと竜皮のスープを作ってくれる。

竜皮は食べたことがないだけに期待を持って食べてみた。

「これは、なんというか、あれだな」

「何でしょうか?」

鶏皮だ。

確かにうまくはあるけども。

竜皮はほとんど鶏皮のような味がした。

よくいえば極上品の鶏皮だ。

極上品の鶏皮というのは食べたことがないが。

プリプリとして柔らかく、噛むとしっとりした脂が舌の上に広がる。蜜のように甘くはないが、甘いといっていい感じの味わいだった。

「さすがはドラゴンというところか」

「はい。おいしいですね」

「スープもおいしいです。竜皮を入れるとスープの味がアップするというのは本当です」

セリーの言うとおり、スープのほうにも出汁(だし)が出ているのだろう。軽く煮込んだだけの今までのポトフと比べて確実に美味しい。

深みがあってコクのある味わいだ。

「尾頭付き、です」

「美味しいと思います」

スープが美味しいのは尾頭付きを入れたからか。

名前しか知らないがブイヤベースとか、そういう感じかもしれない。

魚介類のスープなら、蛤(はまぐり)とか、採ってくるべきだった。

しまったな。

まあ次回の楽しみにしておこう。

ミリアにはもちろん内緒で。

教えればいつにするかとうるさいからな。

ほかに竜肉を入れてもいいし、楽しみが増えた。

竜皮はいい食材だ。

出汁も取れるし、鶏皮と鶏がらを足したようなものだろう。

ただし、竜皮の美肌効果については特に確認できなかった。

風呂でじっとりとなで回しながら見てみたが。

風呂を出てからもなめ回すようにベッドでまさぐってみたが。

みんなの肌は、いつもと同程度になめらかで、柔らかく、しっとりとしていた。

美肌効果などなくても、四人の肌は十分に美しい。

艶とい張りといいきめ細やかさといい最高だ。

もっとも、食べてから効果が肌に出るにはある程度日数がかかるだろう。食べてすぐ効果が出るはずもない。

これからも毎日観察は続けなければならない。

具体的には、なで回し、なめ回し、ねっとりと検分する必要がある。

科学のためには仕方がない。

第五十章　荒行

ベスタ

現時点のレベル&装備

竜騎士　*Lv 39*

装備　鋼鉄の剣
鉄の剣
鋼鉄のプレートメイル
硬革の帽子
鋼鉄のガントレット
鋼鉄のデミグリーヴ
身代わりのミサンガ

翌日、三十四階層でボス戦を行う。

「次の分岐を左ですね。右に進むと近くに魔物がいるようですが、今はいいでしょう」

三十四階層はロクサーヌが嬉々として先導した。

「そうだな」

「次の角はまっすぐです。あ。ただ、左に行くとロックバードがいますね。匂いが濃いので多分複数です。行きがけの駄賃にしましょうか」

「そうだな」

「三十四階層のボスも楽しみなので早く行きたいですが」

「そ、そうだな」

羽毛を集めているからとはいえ魔物は駄賃とされ、ボスが楽しみときたもんだ。

こういうときどんな顔をすればいいか分からない。

笑うしかないな。

「クーラタルの迷宮でなければ、三十四階層より上の階層のボスならボス部屋に行く前に戦ったりするものらしいですが」

セリーが笑わずに教えてくれる。

「そうなのか?」

「小部屋にある、ボスが擬態している宝箱です」

「あれかあ」

そういえばそんな話があった。

宝箱はボスが擬態していることがあるのだ。

ミミックならボス部屋へ行く前にボスと戦える。

「下の階層でも出てはきますが、三十四階層より上では結構な頻度で見つかるそうです」

「なるほど。ボス部屋の場所が分からず探索していればたいていはぶつかると」

「宝箱を狙うパーティーも多いそうなので、確実ではありませんが」

擬態しているのはボス一匹だ。

複数出てくるボス部屋よりも一匹のミミックのほうが戦いやすい。

だからそれを狙うパーティーも多いと。

迷宮に入ってお金を稼ぐとは、結局魔物を倒して稼ぐということだ。

宝箱は、魔物が擬態していようがやっぱり宝箱なんだろう。

「ボス部屋に行く前に、一度ボスと戦っておくべきか？」

みんなに諮(はか)る。

いいことを思いついた。

ボス部屋に行く前に階層をうろつくようにすれば。

宝箱に擬態しているボスと遭遇するのに仮に一日かかるとすると、ボスと遭遇するまでに一日、ボス戦で一日と、上に進んでいく速度を二分の一に落とせる。

これは採用したい。

ボス部屋で初見のボスと対峙するより、一度見ておいたほうが安心だろう。

一日かからずあっさり宝箱に当たる可能性もあるが、そのときはそのときだ。

「問題ありません。現時点ではボスくらい何匹出てこようが相手ではありません」

せっかくのアイデアだったのにロクサーヌに切って捨てられた。

そりゃまあ確かにロクサーヌの相手ではないだろう。

「現状そこまですることはないでしょう。ボス部屋に行くことが少しでも不安になるような階層なら、いい作戦かもしれませんが。そういう階層ならしばらくそこで戦うでしょうから、擬態しているボスとも戦うことになります。それに、三十四階層のボスはコボルトイエーガーです」

ロクサーヌに続いてセリーにもダメを出される。

セリーに言われると確かな説得力があるな。

ボス部屋に行くことが不安なら宝箱が出てくるくらいにはその階層で戦うはず、か。

うまいことできてやがる。

そして、弱い弱いコボルトは、ボスのコボルトケンプファーのさらにそのボスのコボルトイエーガーまでが軽視される存在だと。

戦士の上が猟師というのもよく分からんが。

戦士を狩る存在なのかもしれない。

それだと結構強そうでは。

「問題ない、です」

「大丈夫だと思います」

問題ないのか。

問題ないのか？

まあセリーが言うくらいだから。

問題はないとしておこう。

「ベスタも立派になりました。ご主人様の薫陶の賜物です」

「そ、そうか？」

なぜかロクサーヌが感激しているが、ベスタは最初からこんな感じだっただろう。

薫陶というのなら、もっと違う誰かの悪影響に違いない。

どんな魔物の攻撃だろうがひょいひょいよけてしまう感じの誰かの。

「はい。ボスを抑えるのは私とベスタの役目でいいですよね？」

それでも、三十四階層のボスだから用心して二人で当たるということだろうか。

ロクサーヌも少しは成長しているらしい。

「ええっと。三十四階層のボス部屋からは、出てくる魔物はボスが二匹になります」

などと考えていたら、セリーが説明してくれた。

それで、ロクサーヌとベスタが一匹ずつ抑えると。

「ボス以外の魔物は？」

「ボス二匹だけですね」

雑魚二匹がいなくなる代わりにボスが一匹増えるのは、一応戦力強化だろう。

三十四階層から上というのはやはり一筋縄ではいかないようだ。

「ミリアには石化があるから、確かにボス二匹ならベスタに当たってもらうのがいいだろう。ベスタは、ボスを見ておかなくて大丈夫か？」

ロクサーヌならどんな相手でも初見でなんとかしそうな気もするが、ベスタは大丈夫だろうか。

「はい。大丈夫だと思います」

「相手の動きをよく見ていれば、初めての魔物かどうかなど関係ありません。相手がフッと動いたときにスッとよければいいのです」

まるで成長していない。

まあ、宝箱に擬態しているボスと戦うとしても攻撃パターンを見切るまで対戦するのは難しいだろう。

それに、数が少なければ石化しなかった場合にたまたまなのか石化が効かなくなったのかが判定しにくい。

ミリアの石化がいずれ通用しなくなるにしても、どこかでぱったりと効かなくなるのではなく、徐々に効きにくくなっていくのではないかと想像している。

数回戦ってみただけでそれを判断するのはおそらく無理だろう。

ならばこのままボス部屋に行ってもいいか。

ロクサーヌの案内のままにボス部屋へと向かった。

「ボスは、一匹をロクサーヌが受け持ち、もう一匹を俺とミリアとベスタで囲もう。正面はベスタで」

「私が二匹を狙える場所まで引きつけてください」

セリーやみんなでフォーメーションを確認してからボス部屋に入る。

ただし、あまり意味はなかった。

片方のボスはミリアがすぐに石化してしまったので。

まあミリアを遊撃に回したという点では意味があったのだろうが。それも疑問になるほどの早さだった。

コボルトイェーガーLv34にはまだまだミリアの石化が通用しそうだ。

ミリアが石化させて終わらせるなら、ボスの数が倍になろうとも全体の数が三匹から二匹に減ったのは楽になったといえるだろう。

全部がボスだから、博徒の状態異常耐性ダウンを容赦なく使えるし。

残った一匹も、全員で囲むとすぐにミリアが石化してくれた。

まだまだ余裕のようだ。

弱い弱いコボルトとはいえ。

「クーラタル三十五階層の魔物はパームバウムです。耐性のある属性も弱点となる属性もありません。低階層のボスとして出てくるときには、まだ弱いですし一匹なのでそれほどでもありませんが、三十三階層から上で普通に出てくるには弱点となる属性がないのはちょっと厄介かもしれません」

セリーの話を聞いても三十五階層は大変か。

三十五階層からはいよいよ本格的な相手ということだろう。

「まあなんにせよ戦ってみよう。ロクサーヌ、近くに数の少ない魔物がいるか？」

「はい。こっちですね」

ボス部屋を突破して三十五階層に入り、実際戦ってみる。

最初はパームバウム二匹のぬるい群れから。

ちょうどよい。

実に手ごろな相手だ。

と、思ったのに、結構厄介な相手だった。

「やった、です」

具体的にはミリアが片づけてくれるまで戦闘が長引くほどの厄介さだ。

博徒はボス戦が終わってすぐはずしたのに。

少なくともコボルトケンプファーからはだいぶ強化されているな。

「三十四階層から上で出てくる魔物の実力もこの程度ですか。まだまだ十分戦えますね」

ロクサーヌが恐ろしい感想を述べる。

あれ？

厄介だと思った俺が間違ってる？

というか、コボルトケンプファーも三十四階層から上で出てくる魔物の仲間に入れてあげてください。

「まあ全耐性持ちのドライブドラゴンと比べてしまうと、どうしてもこんなものかと思ってしまいます。弱点属性がないのは少し厄介ですね」

なるほど。

やはり冷静なセリーの意見は参考になる。

ドライブドラゴンと比べてどうかという話か。

確かにそこまで厄介ではないかもしれない。

いやいや。

三十三階層で出てくるドライブドラゴンと比較しての話じゃないといけないのではないだろうか。

なんなら二十三階層で出てくるドライブドラゴンと比較してもいいくらいだ。

ドライブドラゴンLv35とパームバウムLv35を比べれば、それは確かに全部の属性に耐性があるドライブドラゴンのほうが大変かもしれないが。

「やる、です」

常に全部の魔物を石化できるというものではないからな。

「大丈夫だと思います」

あ、はい。

大丈夫か。

大丈夫なんだろうか。

「まあ、みんなの言うとおり、三十五階層でも戦えるようか」

完全に納得はしていないが、誰も不安を述べないし、しょうがない。

無事に倒したことは事実だ。

「はい。そのとおりです」

まだまだロクサーヌのむちゃぶりが続くのか。

「では、三十四階層に戻って……」

「いえ。ちょっと待ってください。向こうへ行くとすぐ近くに魔物がいますね。数もそれなりにはいそうですし、ちょうどよいです。せっかくですから狩っていきましょう」

三十四階層に戻ろうとすると、ロクサーヌに止められた。

まあこれはむちゃぶりというほどでもないか。

ただし、魔物を行きがけの駄賃にするんじゃない。

今までも散々そうしてきたような気はするが。

というか、数がそれなりなのがちょうどよいのか？

数が少ないのがちょうどよいのでは？

今さら一匹二匹でも、別に、という感じか？

なんだか分からなくなってきた。

ロクサーヌの案内に従って進む。

出てきたのは、パームバウム三匹、コボルトケンプファー一匹、ドライブドラゴン二匹の団体だった。

つまりフルスペックじゃないですか。やだー。

それなりとはいったい……。

この階層ではマックスとなる六匹の魔物を相手にファイヤーストームを連打する。

「ミリアはドライブドラゴンの相手を」

「はい」

「残りは私とベスタで」

「はい」

前衛陣が耐えている間、こっちは魔法を連打するお仕事だ。

「やった、です」

「下がります」

コボルトケンプファーがまず倒れ、続いてドライブドラゴンの一匹が石化される。石化した魔物を残してロクサーヌの指示で後退すると、全部の魔物が前線に並んだ。

前に来ればセリーの槍が届くので、全体攻撃魔法を食らう可能性がぐっと減った。

あとは、倒れるまで耐える我慢比べだ。

「やった、です」

まあ最後に残ったドライブドラゴンもミリアが片づけたが。

ミリアが石化するまでの耐久レース。

石化するのだから比較的楽に勝てるだろうというべきか、石化が複数回発動するほどに戦闘時間が延びているというべきか。

「やはりドライブドラゴンのほうが時間がかかりますね。パームバウムなどたいしたことはありません」

　ロクサーヌのその認識はどこから出てくるのか。

「全耐性持ちですからね。伊達ではありません」

　セリーの発言のほうが現実を踏まえてはいる。

　ただ、ドライブドラゴンLv35が比較対象なのはどうなんだという話で。

「まあドライブドラゴンも下の階層より強くなっているわけだから」

「所詮はドライブドラゴンです」

　やはりロクサーヌはいろいろとおかしい。

　数はそれなりだと言ってマックスのところに連れてくるし。

　本当に、たいしたことない相手だと思っているのだろう。

　俺がビビりすぎなのか。

　三十四階層へ戻って、ボス戦を行う。

　そしてボスを倒して三十五階層へ抜け、三十五階層でも戦うことを繰り返した。

　特にピンチとなることもなく戦えている。

　ビビりすぎなのか。

　最初は戦闘時間が長くて大変なような気がするが、一日の終わりごろにはこんなもんだというふうになるんだよな。

慣れは偉大だ。

危機感が鈍っていくなら、よくないが。

でも実際ピンチにはなっていないからなあ。

これでいいのだろう。

と思ったが、そうではないことに夜気づいた。

遊び人がレベルアップしているからだ。

遊び人のレベルアップに伴い、遊び人に設定してある知力中上昇の効果や、またスキルに設定してある初級火魔法の威力も増大する。それだけ、戦いは楽になる。

当然の話だ。

なんだ、そうだったのか。

慣れてしまったわけではない。

少しはあるかもしれないが。

少なくとも危機感が鈍っていることはない。

明日からも問題なく戦えるだろう。

翌日は三十五階層でボス戦に挑む。

「一応、ここのボスからは本格的な戦いになるだろう。頼むぞ」

「はい。楽しみですね」

そうなのか。

まあ絶対に違うとは言わないが。

不安と取らずに楽しみだと取る感覚。

ありかなしかでいえばありなんだろう。

「コボルトイェーガーはお試しみたいなものですからね」

セリーによってお試しにされる三十四階層のボス。

やはりそんなもんなのかもしれない。

「やる、です」

ミリアはえらいな。

ボス戦では君が頼りだ。

頼りにしてはいけない人が若干いるような気がするので。

「大丈夫だと思います」

頼もしい。

大柄のベスタにこう請け負ってもらえると、横からこそこそと攻撃する身としてはありがたい限りだ。

太鼓判を押してもらったかどうかは、異論のあるところだとしても。

適当に言ってないよな？

大丈夫だと思います。

「よし。行くか」

「はい。クーラタル迷宮三十五階層のボスは。カナリアカメリアです。ナイーブオリーブやパームバウムと同様、弱点となる属性も耐性のある魔法属性もありません。基本的にはパームバウムをもう一段強くした魔物と考えていいでしょう」

セリーのブリーフィングを受けてから、ボス部屋に突入する。

遊び人のスキルは、初級火魔法のままだ。

弱点がないのならこのままでいい。

遊び人自体がレベルアップしているので、遊び人の初級火魔法も強くなっている。

煙が集まり、二匹のボスが姿を現した。

ナイーブオリーブやパームバウムと同じような木の魔物だ。

ニードルウッドやラブシュラブとの違いは、青々と葉が生い茂っていることである。

木なのに火属性が弱点でないのは、この葉っぱのおかげだろうか。

ファイヤーストームを二回念じ、ミリアとベスタが向かう左のカナリアカメリアに状態異常耐性ダウンをかける。状態異常耐性ダウンをかけなかったほうのボスに、俺も大きく迂回(うかい)してデュランダルで参戦する。

移動は、正面に立つロクサーヌとベスタが優先。

次は詠唱破棄を担当するセリーと石化担当のミリアがほぼ同順位だから、最後となった俺がこそこそと大きく迂回するのはしょうがない。

なにも逃げ回っているわけではない。

端っこにいたほうが魔物の攻撃を受けにくいし。

勝てばいいんだよ、勝てば。

武者は犬ともいへ畜生ともいへ勝つことが本にて候。

「やった、です」

ミリアが一匹目のボスを石化した。

あとは、残りのカナリアカメリアを全員で囲んで始末する。

こうなれば、倒すのとミリアが石化するのとどちらが早いかという勝負だ。

ロクサーヌに攻撃が当たるはずもないし、魔法やスキル攻撃ならセリーや俺がキャンセルするし。

二匹目には状態異常耐性ダウンをかけるかかけないか選択する余裕もある。

今回は、一匹目の石化に多少時間がかかったので、かけないでいく。

残ったほうのボスは、石化する前にデュランダルで俺が倒した。

最後に、石化したほうも片づける。

カナリアカメリアは、葉が生い茂っているだけでなく花も咲いている木の魔物だ。

名前を聞いたときには枝にカナリアでもとまっているのかと思ったが、そんなことはない。その代わり、てっぺんのちょうど顔のような位置に黄色い花が咲いていた。

多分その色がカナリアカメリアイエローということなんだろう。

石化したカナリアカメリアを片づけると、魔物が煙と化す。

同時に、黄色い花がボトリと落ちた。

散るとかじゃなくて、丸ごと落下する。

「おわっと。こんなふうになるんだ」

突然落ちたので、変な声が出てしまった。

さっきは気づかなかったな。こっちは石化していて見る余裕があったからか。

「そうですね。人間の首が飛ぶように花全体が落ちるので、縁起の悪い魔物だと言う人もいます」

セリーが教えてくれる。

魔物に縁起がいいもくそもあるかという気がするが。

縁起のいい魔物がいても困る。

というか、人間の首にたとえるのもどうなんだろう。

顔のあるような位置にあったとはいえ。

ボトリと落ちたカナリアカメリアの花は、周囲の花びらが煙となって融け去りながらも中心部がそのまま残った。

これがドロップアイテムらしい。

「花というか、残った実がアイテムということか」

「カメリアオイルですね」

「確かに」

セリーに教えてもらったとおり、鑑定でもカメリアオイルになっている。

実がそのままオイルになるのだろう。

搾らなくてもいいのは楽だ。

「ええっと。食用油としても普通の油としても高級品です。美味しいそうです」

「も？」

セリーの口調が妙だったので、聞き返した。

歯切れが悪いというかなんというか。

勘だが。

「……ええっと」

「家具の手入れに使うそうです。艶が出て深みが増すとか。それに、髪の毛や肌に塗ると艶と張りが出て綺麗になるそうです。体にもいいのだとか」

セリーに代わってロクサーヌが教えてくれた。

ヘルスケアやスキンケアにもなるということか。

「へえ」

「それと、あの、マッサージに使うと、血行促進や疲労回復などの効果があるそうです」

恥ずかしそうに教えてくれるセリーの表情に、すべてを悟った。

マッサージというからには、くんずほぐれつしながら肌と肌で直接触れ合ってもんだりこすったりさすったりするのだろう。

ロクサーヌたちが。

全員で。

体じゅうをオイルでぬめらせながら。

「そ、そうなのか」

「はい」

ゴクリ。

やる。

やりたい。

やらいでか。

「今日は一日カメリアオイルを集めるということで、よろしいか？」

全員に確認する。

異論は認めない。

反逆者には処罰を。

異端者には制裁を。

謀反の芽は早めに摘み取る必要がある。

「はい。ボス狩りですね」

「はい」

ロクサーヌは当然という顔で、セリーはやっぱりという顔でうなずいた。

ロクサーヌには少し誤解があるような気がしたが、たいした問題ではない。

「はい?、です」

「ええっと。それでいいと思います」

ミリアとベスタもうなずく。

反乱の恐れはないようだ。

一安心。

なべて世はこともなし。

ミリアやベスタは、話にどこまでついてきているのか疑問だが。

それはロクサーヌもか。

だからたいした問題ではない。

「高級な食用油らしいからな。ミリアよ、俺は思うのだ。カメリアオイルで魚を揚げたらさぞやうまかろう、と」

「早く集める、です」

ミリアが出口へ向かって歩き出した。

スタスタと早足で。

そして出口に着くと、振り返って仁王立ちになる。

弁慶のように。

その目が怒っている。

何をグズグズしているのかとなじっている。

父の遺言にそむいて義経を殺し、頼朝に屈しようとする藤原泰衡の無能さを怒っているかのようだ。

俺も含め全員あわてて駆け寄った。

別に責められるようなことは何もしていないはずだが。

まあロクサーヌも駆け寄ったくらいだからな。

よしとしよう。

ボス部屋を出る。

ただし、ミリアはボス部屋を出るときに飛び六方をしなかったので減点だ。

釘を刺しておこう。

「今朝はちょっと暑かったから、揚げ物はどうかな。また涼しい日にしよう」

歌舞伎『勧進帳』で弁慶が花道から退出するときに行うのが飛び六方だ。

仁王立ちといえば弁慶、弁慶といえば飛び六方である。

ジョン・ケイといえば飛び杼、ベン・ケイといえば飛び六方、というのが、歴史の常識
といえよう。

ミリアが知っているはずもないとはいえ。

「……私がやる、です」

「タルタルソースもないし」

「くっ。……レモン、です」

おまっ。

ふざけるなよ。

戦争だろうが。

自分の分だけにかけるならまだしも、揚げ物にレモンなんざかけたら戦争だろうがっ。

あれは好みがはっきりと分かれるんだぞ。

たとえ主人といえ所有者といえども奴隷も食べる揚げ物にレモンを勝手にかけることは

許されない。

そんなことをすれば反乱勃発だ。

謀反確定だ。

敵は本能寺にあり。

「是非に及ばず」

まあミリアが作るのならいいだろう。

少しはキッチンの温度が上がるとしても、そこまではないような気がするし。

鍋の前にいなければ大丈夫に違いない。

「三十六階層の魔物はスパイススパイダーですね」

「ちょうどよかったな。調味料がなくてもペッパーで味付けすればいい」

「倒す、です」

セリーに教えてもらった魔物に、ミリアがやる気を出している。

「こっちですね」

三十六階層に入るとロクサーヌが先導した。

それを追い越しかねない勢いでミリアが続く。

普段からこのやる気を出せばいいのに。

それはそれで某ロクサーヌが二人いるみたいで微妙か。

別に普段やる気がないわけでもないし。

「スパイススパイダーは、土属性に耐性があり、水属性を弱点とします」

進みながらセリーが教えてくれた。

「あれ。そうなのか。三階層のスパイススパイダーには弱点属性はなかったような」

「そうですね。一階層から十一階層までの魔物は弱く、耐性や弱点属性を持たないものも多いです。そういったものがあると階層によっては魔物の組み合わせで有利不利が生じ、初心者が入ってきにくいからだと言われています。ボスクラスになるとそこまでではないので、耐性や弱点属性を持つものも出てくるようです」

迷宮はヒトをエサとしており、人を誘い込む。

魔物に耐性や弱点属性があると、一つ下の階層の魔物の弱点だった属性に、すぐ一つ上の階層の魔物が耐性を持っていたりすることが、どうしても起こる。

そうすると、その階層は不人気の階層となって、人が集まらない。

迷宮としてもそれは困るわけだろう。

とりわけ、低階層なら初心者も入りやすく、バンバン来てほしいのだろうし。

属性は魔法使いや属性剣を持っていない人には関係ないから、低階層に入るような初心者にはどうでもいいのでは、という気もするが、そうとも言い切れない。

あそこはめんどくさい、という話が一部でも出れば、初心者はうわさに流されやすい。

魔法使いがいたり属性剣を持っていたりするようなパーティーは社会的経済的に上流階級に属するだろうから、そんなパーティーから出た話であればなおさらだろう。

また、魔法使いのいるようなパーティーが避けることによって実際にその階層が難しくなる可能性もある。

モンスターハウスみたいなのが残ったりとか。

だから、十一階層までの魔物は耐性も弱点属性も持たなかったりすることが多いと。

うまくできているな。

「なるほど。そういうもんか」

遊び人のスキルに、初級水魔法をセットした。

ここからはウォーターストーム連打だ。

三十五階層のボス戦を含めて。

ロクサーヌが案内したところには、スパイススパイダー一匹がいた。

一匹とは珍しい。

ウォーターボールを二発連打する。

水の球が二個、魔物に向かって飛んで行った。

ストームと違い、ボールだと魔法を連打したことがはっきり分かるな。

詠唱省略にはしていても、頭の中で念じるのだからどうしても二回念じることになる。

一回にはできない。

　できるだろうか？

　いや。無理だよな。

　ウォーターボールが魔物に着弾したので次弾でやってみようとするが、できなかった。

　同時に二発を念じるのは無理がある。

　訓練すればできるようになるだろうか。

　別にそこまでするメリットもなさそうか。

　できたとしても、二重人格になりそうだ。

　このスパイススパイダーはたまたま一匹だが、そもそも三十五、六階層ではもう魔物が一匹だけということは少ない。

　ロクサーヌがそういうところには連れて行かないということもあるが。

　そんな疑惑が。

　いや。これは魔物をたくさん狩ったほうがいいからということで、頼んでいるのか。

　魔物の数は多いのだから、ウォーターボールを使うことはあまり多くないだろう。

　同時でなく多少時間がずれるくらいでも、ストーム系の魔法を使っているときはあまり問題がない。

　ボール系の魔法だと二回同時に発動していることが明らかなので、周囲の目が気になるというだけだ。

最後に残った一匹にぶつけることはあるが、そのときにはほとんど勝利が確定しているので、無理はしなくていいし。

つまりはまあ、このままでしょうがない。

「やった、です」

スパイススパイダー戦は、ミリアが終了させた。

まあ一匹だしな。

正面にはロクサーヌが立つので、横から硬直のエストックを振り回していれば魔物はすぐに石化する。

やる気のおかげで石化する確率が変わるということはないと思う。

確率が変わらなくても斬る回数が増えれば石化しやすくなるから、やる気のおかげではあったかもしれないが。

「さすがミリアだな」

「はい、です」

とりあえず褒めておこう。

頭に手を置いてネコミミをなでさせてもらえれば、俺としてはそれで何も不満はない。

スパイススパイダーLv36の強さはなんにも判明しなかったとはいえ。

ロクサーヌに最初は魔物の数の少ないところから案内してもらっているのは、すごい無駄なことをしているような気がしてきた。

三十四階層から上はボス戦で戦ったことのある魔物だけだし。

いや。いつもいつもミリアが必ず沈めるわけではない。

本来これで間違っていないはずだ。

階層も上がってきて、最初が一匹だけということも珍しくなったし。

今回はたまたま一匹だっただけで、次もこうなるとは限らない。

今までどおり最初は数の少ないところからでいいだろう。

今回だって、Lv36の魔物にも石化が通用すること、三十六階層の魔物の攻撃くらいならロクサーヌが難なく回避できること、は検証できたのだ。

ついでに、石化したとはいえ魔法で倒せることも検証できたといえばできた。

スパイススパイダーが煙となって消える。

まあ一階層上がっただけでロクサーヌがかわせないほどの攻撃をしてくる魔物が出てきたら、そのほうが怖いが。

どんだけよ。

「三十六階層でも問題なく戦えるようですね」

しかしロクサーヌよ。その結論は性急すぎないか。

「まあまだ一匹としか戦ってないからな」

「そうですね。次からはもっと魔物の数の多いところへ案内します」

うお。

なんかドツボにはまったような気がする。

謀ったなあ、ロクサーヌ。

というよりも、天然か。

そっちのほうが恐ろしい。

次からは、三十五階層のボス戦を繰り返しつつ、三十六階層で様子も見てみた。

戦えなくはなさそうか。

弱点があるというのは大きい。

三十六階層でも、最後まで残るのは全属性に耐性のあるドライブドラゴンだった。

スパイススパイダーやパームバウムはそれほどでもない。

ただし、ドライブドラゴンだからといって侮れない。

こいつは強い。

当たり前の話だが、三十六階層に出てくるドライブドラゴンLv36は三十五階層のドライブドラゴンLv35よりも強く、ドライブドラゴンLv35は三十四階層のドライブドラゴンLv34より強い。

少しずつ、強くなっている。

もっと上の階層へ行ったらどうなるのか。

まあドライブドラゴンの出現頻度は少なくなるだろうが、今度はスパイススパイダーに耐性属性である土魔法を使わなければならないようなことになるかもしれない。

そうなってからでは遅い。

ような気がする。

多分。おそらく。メイビー。

今すぐならまだ大丈夫だろうが。

狩りを終え、ホクホク顔で歩くミリアと違って、こっちは悩みが多い。

まあ、ミリアのおかげでカメリアオイルもペッパーも大漁だ。

買い物へ向かうのに、ウキウキと先頭を進むのは分かる。

「朝食はミリアにまかせる」

「そうですね」

ロクサーヌも賛成のようだ。

朝食からフライでも朝夕二食のこの世界では別に妙なことはない。

朝からがっつりいく。朝食を抜くなんてことは考えられない。朝から油っぽい揚げ物だとしてもなんの問題もない。

俺もそれに慣れてしまった。

それに、ここで駄目だなどと言ったら反乱が起きるところだ。

「まかせるされる、です」

「まかされた、かな」

「まかされる、です」

ミリアにブラヒム語を教えながら買い物を済まし、家に帰る。

キッチンで白身と赤身とカメリアオイルを出してミリアに渡した。

俺のアイテムボックスには常に白身などがストックされている。

誰かのせいで。

「問題は古い油の処理だな。こういうのはどうするんだ？」

セリーに尋ねた。

オイルを新しく換えるなら古いのは処分しなければならない。

今までは、炒め物などに使う油を鍋から取り、揚げ物などをするとき鍋に油を差し足していた。

今回は食用油をカメリアオイルに変更するので残っている油は全部捨てることになる。

廃油を出すのは初めてだ。

環境破壊などという考えはこの世界にないだろうが、さすがに廃油をドブ川に流すのはまずいかもしれない。

「確かにもったいないですね。蜜蝋をもらえれば、私がキャンドルを作れると思います」

「おー。そんなことができるのか」

別にもったいないと思ったわけではないが、それはいい。

キャンドルにするのか。

「実際に作ったことはないので多分ですが」

「まあ別に失敗してもかまわないからな。じゃあ、あとで頼む」

さすがに蜜蝋のストックはない。

蜜蝋はグラスビーが落とすアイテムだ。

あとで取ってくればいいだろう。

「はい。油は壺に入れておけばいいでしょう」

そんなことをセリーと話しているうちに、ミリアがフィッシュフライを揚げだした。

大漁だ。

鬼気迫る勢いで揚げていっている。

さして広いわけでもないキッチンなので、心なしか温度も上がったような。

どんどんと積み上げられ、見事な山積みとなっていった。

いかん。

俺も早く一品作っておこう。

フィッシュフライが完成したときにできていなければ、ミリアに怒られることになる。

早く食べたいのにと。

何をもたもたしているのかと。

まだ待たせるのかと。

こんなこともあろうかと、白身と赤身は少し多めに渡しておいた。

全量を揚げるにはまだ少し時間がかかるだろう。

ベスタに手伝ってもらい、肉と野菜をこま切れにして、さっと炒める。

簡単肉野菜炒めだ。

なんとか間に合ったようだ。

肉野菜炒めを皿に載せた直後、ミリアが最後のフィッシュフライを取り出した。

「うまそうだな」

「はい、です」

味見と称して一切れ二切れ減っていそうだが、それは不問に付そう。

「では、すぐに朝食にするか」

「そうですね」

同意するロクサーヌもやや苦笑気味だ。

朝食を作っているだけだから文句も言えないし。

ロクサーヌも急いでスープを作ったのだろう。

食卓へと移動した。

フィッシュフライはベスタが運ぶ。

ミリアは自分では持てないほど作ったらしい。

そのミリアは、ベスタをマークしつついち早くテーブルに陣取り、フィッシュフライと俺を期待のこもった目で交互に見た。

俺がスープを配るまで待っていないとロクサーヌがうるさいぞ。

「よし。では食べようか」

急いでスープを配り終えさっさと朝食の開始を宣言して、フィッシュフライを取った。

カメリアオイルを使っているといっても、見た目は、まあ普通のフィッシュフライだ。

色や香りにそれほど違いがあるのでもない。

あったら怖い。

そもそも色は油の色じゃなくてパン粉のこげた色だしな。

紫や水色のフィッシュフライとかあっても気色悪いだけかもしれない。ナスのてんぷらと区別がつかん。

匂いは、ほのかにいい香りがするような気もするが、特段どうということもない。

ロクサーヌ、セリーに続いてミリアがフィッシュフライに手を伸ばすのを横目に見ながらかぶりついた。

お。

悪くはない。

こういう感じなのか。

しかしどうなんだろう。

特別にうまいとまでいうほどだろうか。

うーん。

いや。まずくはない。まずくはないが。

美味しいか美味しくないかでいえば美味しいが、そこまでうまいかというと、微妙。

基本、油で揚げれば美味しくなるものだろうし。

衣はさくっとした感じがしないではなく、その歯ごたえの下にじゅわっとした甘くとろける味わいがあるような気が、なんとなくはするものの、単なる思い込みである可能性もなきにしもあらず、ということをはっきりと否定できるだけの根拠は明確でない、と判断するにやぶさかではない。

「これは美味しいですね。ご主人様と一緒にいるとこのようなものまで食べさせていただけて幸せです」

「昔だったのでよく覚えてないですし、話には聞きましたが、カメリアオイルとはここまでのものだったのですね」

「おいしい、です」

「すごいと思います」

あら。

ロクサーヌたちには好評のようだ。

うーん。

うまいのか。

確かに、少し甘い感じはするよな。

別に甘くはないんだけども。

甘くはないが、甘い。

な、何を言っているのか分からねえと思うが、俺もこの味をどう表現していいか分からなかった。

やっぱりカメリアオイルを使うとうまいんだろうか。

ロクサーヌたちにはカメリアオイルは美味しいものだという先入観があるように思えるけどね。

しかし別にそのくらいはどうでもいい。みんなが喜んでいるならそれでいいだろう。

食事をしながらほかのことを話す。

「神官や巫女なら、パーティー全員を回復できるんだよな？」

「そうらしいですね」

「そうです」

ロクサーヌとセリーが肯定した。

もともと彼女たちから聞いた話だし。

「そうか」

「ただし、僧侶のほうが大きく回復できるようですが」

全員を回復でき、回復量まで一緒なら、神官や巫女は僧侶の上級職ということになってしまう。

僧侶を選ぶ利点がない。

なりやすさとか、違うのかもしれないが。

あとは、使用するＭＰ量とか。

神官や巫女は一日に一度しか回復できないとか、死ぬ思いをするとかいう話は聞いていないから、大丈夫だと思う。

ＭＰがなくなったときのあの絶望感は嫌だ。

ある程度のレベルになってもそんな思いをするのなら、最初のうちはＭＰが足りず使えないだろうし。

　だからそれはない。

　全ＭＰ量の半分を固定で使う、とかあるかもしれないが。

　それだと高レベルになるとかえって使えないだろう。

「それはまあそんなもんだろう。そこでだ。我々も神官や巫女のジョブを得たい」

　本題を切り出す。

「巫女ですか。いいですね」

「ええっと。私には得られませんが」

「やる、です」

　そういえば、セリーは巫女になる修行に失敗しているんだよな。

「大丈夫だと思います」

　それは問題ない。

　ただし、本題はここからだ。

「これからさらに上の階層へ行けば、全体攻撃魔法を受けることも多くなるだろう。戦闘時間も長くなるし、撃ってくる頻度も増すだろうからな。連発されれば、全員を回復するのに僧侶の手当てでは間に合わなくなる可能性もある。手当てを繰り返すことで敵の殲滅が遅れることも考えられる。そうなる前に、神官や巫女のジョブを得ておきたい」

実際は、魔法使いと遊び人の魔法がほぼ同時に使えているように、僧侶のスキルも魔法の合間合間に使っている。

しかし手当てを行う回数が増えればその限りではないかもしれない。

「立派な考えです」

「分かります」

ここまではロクサーヌとセリーの賛同を得た。

「ついては、神官や巫女のジョブを得るまで、階層を上がっていくのをストップしたいと思う」

「やめるのですか？」

ロクサーヌが聞いてきた。

セリーのほうは、少し考えている。

見込みありそうか。

「そうだ」

「まだまだ上の階層へ行けるのでは」

「行けなくはないだろう。しかし何か起こってからでは遅い。強化する方向性と強化する手段は分かっているのだ。それを優先すべきではないか。いま無理をすることはない」

「なるほど」

ロクサーヌも考え出した。

こっちも見込みありそうか。

「そうですね。確かに、四十四階層までなら今の状態でも行ける可能性はあります。それでも、上の階層に進めば全体攻撃魔法を何連発も受けることがあるかもしれません。それに対処できる方法が分かっているのなら、それを整えてからと考えるのも自然です」

セリーは冷静に判断して賛成してくれる。

というか、セリーもこのまま進むつもりだったのか。

四十四階層まで今の状態でとか、勘弁してくれという感じだ。

ストッパー役としてどこまで期待できるのか。

「分かりました。確かに、強化を優先するのが安全でしょう」

おっと。ロクサーヌも賛成してくれた。

うむ。

安全第一。いのちだいじに、だ。

「それでも、私は巫女になれませんが」

「それは問題ない」

「はい」

「巫女になるのに修行する滝は、どこの滝でもいいのか？」

セリーは昔、巫女になろうとしてなれなかったことがあったんだよな。

それでも修行経験者なので聞いていく。

思い出すのも嫌かもしれないが、必要なことなのでしょうがない。

「ギルドによって決まった場所はあるでしょうが、特にどういう滝でなければという条件があるとは聞いていません」

「そうなのか。問題は滝がどこにあるか、だが」

「知ってる、です」

ミリアが知っているらしい。

食いねえ、食いねえ、白身食いねえ。

「ミリアは滝があるところを知っているのか」

「釣り、です」

滝つぼで釣りをしたことでもあるのだろう。

魚好きだからな。

食いねえ、食いねえ、赤身食いねえ。

「ミリアは以前にも釣りをしたことがあったのか」

「このあいだ、した、です」

微妙に話が通じない。

この間とはいつだ。

「××××××××」

「×××××××××」

「先日休みをいただいて釣りをしたとき、近くに滝があるという話を聞いたそうです」

「はい、です」

ロクサーヌがミリアから話を聞いて通訳してくれた。

釣りというのはあの釣りのことか。

ベスタがうちに来た日のことだ。

「あの港の近くに滝があるのか」

「少し前までギルドが修行場として使っていた滝があるそうです」

「川魚、釣れる、です」

なるほど。

ミリアの情報収集はそのためか。

まあ結果よければすべてよし。

食いねえ、食いねえ、魚食いねえ。

「修行場として使っていたのならさらに大丈夫か。なんで使わなくなったかが問題だが」

「危ない、です」

「魔物が出るようになって使われなくなったのでしょう。よくあることです」

今度はセリーが解説してくれた。

近くに迷宮が住み着けば魔物が出るようになる。

それで危険になって使われなくなったと。

この世界、やはりいろいろ大変なようだ。

よくあることらしい。

普通は危なくても、俺たちくらいなら大丈夫だろうか。

「それなら使えそうかな。一度見てみないと分からないが」

「見る、です」

釣りに行くのではないぞ。

まあいいか。

食いねえ、食いねえ、白身食いねえ。

江戸っ子だってね。

神田の生まれよ。

朝食の後、帝都に移動する。

「服屋へ行って、修行用の服を作ってもらおう」

「あの。わ、私は……」

　セリーはすでに巫女のジョブを持っているから、いらないんだよな。

　しかしセリーだけなしというわけにもいかない。

「大丈夫だ。セリーは滝行の経験があるのだし、一緒に作るから、いろいろ教えてくれ」

「は、はい」

　納得させて、店に入った。

　いつもの男性店員がすぐに迎える。

「いらっしゃいませ」

「この前見せてもらった巫女を志願する者の服、あれを四人に作ってもらうことにした」

「ありがとうございます。寸法などは分かっておりますが、確認のために軽くチェックをさせてください」

「頼む」

　四人が奥へと連れて行かれた。

　個人情報はばっちり押さえられているようだ。

　この店なら貴族令嬢のスリーサイズとかも全部知っているに違いない。

　宝の山だな。

「仕立て上がりに五日ほどお時間を頂戴いたしますが、よろしいでしょうか」

「分かった」

「布地は絹を使い、一着千五百ナールほどになります。四着で、お勧めした商品をご購入いただけるのですし、特別サービスで四千二百ナールとさせていただきましょう」

千五百ナールは高いのか安いのか。

なんかよく分からなくなってきたな。

金銭感覚が麻痺しつつある。

円ではなくナールなので、ないといえば最初からないが。

服を頼んで、その日からは三十五階層を継続だ。

上へ行くのをストップしたので、安心して戦える、というほど、安定はしていない。

結構厳しいよな。

四十四階層まではとても無理ではないだろうか。

上の階層へ行くほどに同じ魔物でも強くなるのだし。

ストップした俺の決断を褒めたい。

翌日は、滝へ行ってみた。

まずはハーフェンに飛び、朝市で魚介類も仕入れる。

「ミリア、滝のある場所が分かるか？」

「こっち、です」

ミリアが自信満々に歩き出した。

　意外にはっきりと知っているらしい。

　魚のいる場所に関する情報に漏れはないということか。

　分からなければ行ったことのある冒険者を探してフィールドウォークで連れて行ってもらうことも考えていたが、必要なさそうだ。

「では行ってみるか」

「いく、です」

　ミリアの先導で進む。

　滝の辺りには魔物が出るということなので、デュランダルも用意した。

　全員でミリアについていく。

　林の中の道を進んだ。

　やがて道は細くなり、けもの道となる。

　ギルドが使わなくなればわざわざ滝へ行く人間もいないだろうから、仕方がない。

　林は深くなって森となるが、進んだ。

　けもの道どころか道らしい道がなくなるが、進む。

　デュランダルが草刈り鎌（がま）になってしまったが、進む。

　道なき道を進む。

　俺たちの前に道はない。

俺たちの後ろに道ができるほどやわな森でもない。

ああ、自然よ。

ミリアよ。

本当に滝のある場所を知っているのか。

知っているとしたらなぜ知っている。

釣りをしながらこの遠い道程を絶対に進まないだろう。

問いただしたいのはやまやまだが、黙ってついていった。

三人も文句を言わずに歩いている。

やはり滝に行ったことのある冒険者を探すべきだったろうか。

などと疑っていると、やがて森の向こう側が少し開けた。

「×××××××××」

「川があるようです」

広くはないが、小川というほど狭くはない川が流れている。

滝があるのなら普通は川があるはずだ。

ミリアは川の音でも頼りにしたのだろうか。

「川だ、川」

「川、です」

「この川の上流に滝があるようですね」

「じゃあ行ってみるか」

その後は、川岸の多少歩きやすいところを進んだ。

川がある以上滝もあるのだろうし、足取りも軽い。

川をのぞき込むミリアを置き気味にして進む。

魚でもいるのだろう。

魚ではなく、向こうのほうになんかいるな。

と思ったら、ハチだ。

グラスビーだ。

森の向こうにグラスビーがいた。

黄色と黒の警戒色なので森の中、遠くからでもよく分かる。

グラスビーLv1が俺たちのほうに向かってきた。

ここのグラスビーは積極的に人を襲うようだ。

ハーフェンからは結構歩いたから近くに迷宮があるのか。

それとも通り道にでもなっているのか。

「来ます」

「大丈夫だ」

ロクサーヌを抑え、一歩前に出る。
草刈り鎌と化していたデュランダルで迎え撃った。
斬りつけるとハチが落ちる。
一撃だ。
「さすがご主人様です」
「グラスビーが出るようです。ギルドが滝を放棄したのはそのためでしょう」
セリーの言うとおり、グラスビーのせいで修行場を放棄したのだろう。
巫女の修行をするのは若くてレベルの低い人が多いはずだ。
危険なことはさせられない。
修行中に死人でも出たら大問題だ。
さらに進んでいくと、川の上流に滝があった。
さらさらと水の流れ落ちる音がする。
大瀑布（だいばくふ）というほどではないが、結構な大きさの滝だ。
幅十メートル以上にわたって流れ落ちていた。
段差も三メートル近くある。
水の量もそれなりだ。
「結構大きな滝だな」

「そうですね」

ロクサーヌがうなずいた。

「神官ギルドが使っていたくらいですから」

確かにセリーの言うとおりか。

小さい滝ではギルドの修行場としては使いにくいだろう。

「すごい、です」

「立派な滝だと思います」

この大きさならベスタも問題ない。

「では、服ができあがったらここでいいな」

「そうですね。立派な修行場だと思います」

経験者のセリーから見ても大丈夫らしいので、問題はない。

場所だけ確認して、帰った。

それから服ができる日まで、三十五階層で戦う。

服が仕上がる日に、帝都の服屋に出かけて服を受け取り、一度家で着替えさせた。

服は、真っ白な絹の上掛けだ。

おそろいの白装束である。

ちなみに、セリーの服も皆と同じ値段だ。

まあベスタの分も特別料金は請求されなかったので、しょうがないだろう。
白装束のせいか楚々として見える。
しかも、着物のようにきっちりしているわけではないので、妙に艶かしい。
下着の上に一枚羽織っただけだし。
ロクサーヌやベスタなどは胸のあわせめにたるみが。
美味しそうだ。
腕や肩のところは少し肌が透けている。
ワイシャツからブラのラインが見える女子高生みたいな感じ。
ブラはないのでラインも見えないが。
下につけているのはかぼちゃパンツくらいだろう。
思わず飛びかかりたくなってしまうが、目的を考えるとそうもいかない。
我慢だ。我慢。
下見をすませてある滝へと移動した。
まずは、周囲を歩いてグラスビーを片づける。
何匹かはいた。
大量に出てくるわけではないが、通り道か何かになっているようだ。
警戒は必要だろう。

森の中の滝近くは涼しい。

ひんやりした空気が漂っている。

デュランダルを振り回すのがちょうどよい運動だ。

夏でよかったな。

ジョブを得るためとはいえ、寒行はやりたくない。

寒かったらえらい目にあうところだった。

「滝行というのは、滝に入って頭から打たれればいいのか？」

「はい。そうすることによって邪念を打ち破り、神との合一をなす修行だそうです。神との合一によって、聖なる力を得、仲間の傷を癒やすスキルを獲得します」

滝行について、セリーからやり方を教えてもらう。

神秘主義的な解説は、どうでもいい。

「見本を見せてもらえるか」

「は、はい。私は巫女にはなれませんでしたが」

「大丈夫だ。やり方だけ見せてもらえればいい」

「ええっと。あの。そうだ、滝の上に一人立って、見張っていました」

セリーを送り出そうとするが、踏ん切りがつかないようだ。

大丈夫なのに。

「では、私が見てきます」
ロクサーヌが移動すると、セリーも覚悟したのか滝つぼに入った。
水に濡れた白装束が肌に張りつく。
思ったとおり白い薄手の絹はよく透けて。
おおっ。
い、いや、いかん。
目的を忘れてはいけない。
俺も服を脱いだ。
これは目的のためだ。
セリーが滝に打たれる。
頭から白い水しぶきを弾き飛ばし、水流に耐えた。
水温のほうは、この季節なら問題ないだろう。
ロクサーヌとベスタはセリーと周囲の状況とを交互に確認して注意を払っている。
俺もセリーばかり見ず、周囲に警戒を払った。
どうせ滝の中ではよく見えないし。
「魚、です」
若干一名は違うところを注視しているようだ。

やがて、セリーが滝から出てきた。
水を滴らせている。
水に濡れた白装束が肌に張りついて。
いかんいかん。
目的を忘れるな。
「こんな感じです」
「そうか。次は俺が行ってみよう。ベスタ、剣を渡しておく。魔物が出たら頼む」
デュランダルをベスタに渡してあとを頼む。
なるべく女性陣は見ないようにして、滝つぼに入った。
目的が第一だ。
邪念にとらわれてはいけない。
滝つぼは深いところでも一メートルくらいか。
もっと深いところもあるかもしれないが、浅瀬を選んで滝の下に入る。
結構流れは強い。
水がかかった。
これは大変だ。
水を浴びると、勢いで揺らいでしまう。

水流に持っていかれないよう、体の軸を滝と平行にした。

姿勢を正し、垂直に立つ。

頭の上から水を受けた。

水が落ちる。

水が落ちる水が落ちる。

水が落ちる。

なんも考えられねえ。

頭の上に水が落ちた。

頭の中は水が落ちるでいっぱいだ。

それ以外のことは入り込むゆとりもない。

しばらく耐え、滝からはずれた。

ジョブ設定でジョブを見てみる。

神官　Lv1
効果　MP小上昇　知力微上昇
スキル　全体手当て

これか。

神官のジョブを得ていた。

セリーは巫女だが、俺は神官だ。男なら神官、女性は巫女になるのだろう。

滝に打たれることは確かに修行だ。

何も考えられなくなる。精神統一するのにふさわしい修行方法だろう。

神官や巫女のジョブを得るには精神の一統を果たす必要があるらしい。

「どうでしたか？」

「これが滝行か。確かにすさまじいな。セリーも巫女のジョブを得たようだ」

「本当ですか？」

「嘘（うそ）を言ってどうする」

必ずしも嘘ではない。

セリーが巫女のジョブを得ていることは事実だ。

今得たのではないというだけで。

「ありがとうございます」

セリーも喜んでいるみたいだからいいだろう。

「では、上へ行ってロクサーヌと交代してくれるか」

「分かりました」

セリーを見送る。

背中に張りついた白装束が艶かしい。

もう俺の目的は達した。

じっくり見ることができる。

「ミリアとベスタも滝行だ。やり方は分かっただろう」

「大丈夫だと思います」

「はい、です」

ミリアは首をかしげていたが、滝を指差すとうなずいて滝に入った。

ベスタは俺にデュランダルを渡し、滝に入る。

紐(ひも)でとじただけの上着に覆われたスイカの存在感がすごい。

ロクサーヌも滝の上から降りてきた。

「ロクサーヌも滝行な」

「はい。分かりました」
降りてくるときに胸元が激しく揺れていた。
薄着のせいか揺れがすさまじい。
破壊力もすさまじい。
滝よりもすさまじいくらいだ。
ミリアとベスタに続いて、ロクサーヌも滝に打たれだした。
白装束の三人が並ぶ姿はなかなかに艶っぽい。
水しぶきでよく見えないとはいえ。
最初に滝から出てきたのはミリアだ。
濡れた髪が美しい。
濡れた服から透ける肌も美しい。
が、巫女のジョブは獲得していなかった。
大体出てくるのが早い。
俺でさえ、もっと長く滝に打たれていたような気がする。
「もう一回」
やり直させる。
ミリアが滝の下に入った。

次に出てきたのもミリアだ。

一番最後に入って一番最初に出てくるとか。

「たいへん、です」

「ちゃんと精神を統一してみろ」

「する、です」

もう一度送り出した。

大丈夫なんだろうか。

最悪、ミリアは巫女のジョブなしか。

別にそれでもいいか。

次に出てきたのはベスタだ。

白装束の下に息づく胸が。

胸が。

濡れた薄手の絹が胸の前面にぴったりと張りついている。大きな果実を優しく包んでいた。淡い小麦色の肌が白装束の下にくっきりと映っている。

肌の色が濃いほうが、白い上着に映えるのだろうか。

「何かよく分からないけど集中できたように思います」

確かに集中はできたのだろう。

巫女のジョブも獲得している。
俺は集中できないが。
いや、むしろ集中しているというべきか。
「そうか。ベスタはもう滝行の必要はないぞ。巫女のジョブを取得している」
パーティーメンバーのジョブが分かるというのは実に便利だ。
巫女を獲得すればすぐに分かる。
「ありがとうございます。魔物です」
ベスタが指差した。
俺はベスタのほうしか見ていなかったが、ベスタは警戒していたようだ。
助かった。
デュランダルを持って襲いかかり、グラスビーを斬り捨てる。
装備品どころか服も着ていないが、一撃だからいいだろう。
靴はさっき履いた。
夏なので水に濡れていてもちょうどいいくらいだ。
ハチを倒して戻る。
セリーとベスタが周囲を、俺がベスタやロクサーヌたちを見た。
「もう一度だ」

出てきたミリアを再び滝に戻す。

ちゃんと集中しているのだろうか。

ロクサーヌはなかなか出てこない。パーティージョブ設定で見ても巫女のジョブを得ていない。

苦労しているようだ。

俺やベスタはすぐに巫女のジョブを獲得した。

向き不向きがあるのだろうか。

「ベスタは滝に打たれたとき、どうだった」

「気持ちよくリラックスして、意識がゆったりと遠のく感じでした」

そうだったか？

気持ちいいとか。

あれはあくまで滝だ。

打たせ湯じゃない。

竜騎士はこんなところまで打たれ強いのだろうか。

俺より身長が高いから、滝の勢いが弱いとか。

それはないだろうと思うが。

ベスタのことだからきっと何も考えてないに違いない。

普段から何も考えていない人のほうが早く巫女を取得できるということはあるのかもしれない。

俺も神官のジョブを得たのは早いほうだった。

俺も何も考えていないということか。

いや。セリーも巫女のジョブを取得している。

大丈夫だと思いたい。

「難しいです」

ロクサーヌが一度出てきた。

水に濡れて白装束が肌に張りついている。

ロクサーヌの白い肌にもよく合っていた。

白い絹の下にはさくらんぼさんが。

俺の意識などは完全にその一点に集中している。

これだけで神官のジョブを得られそうだ。

「滝に打たれていると、意識が水の流れだけに向かないか」

「うーん。水があっちにもこっちにもあって」

あっちにもこっちにもというのが分からん。

人の認知はそこまで分解能がよくないはずだ。

ロクサーヌは知覚が過敏すぎるのではないだろうか。

魔物の動きを捉えて回避するにはいいが、精神を統一するには不向きと。

「水全体を一つの流れとして捉えてみろ」

「やってみます」

適当なアドバイスを与えてロクサーヌを送り出す。

代わりにミリアが出てきた。

ミリアは集中力がなさすぎだ。

濡れた姿を見ることができて俺はいいが。

ミリアを戻してしばらくすると、ロクサーヌが出てくる。

巫女のジョブを得ていた。

「おお。やったな。巫女のジョブを獲得している」

「はい。ありがとうございます。なんとなく一つの流れというのが分かった気がします」

分かるのか。

俺は自分で言っていて分からないが。

分かるものなんだろうか。

まあさくらんぼさんも喜んでいるようだからいいだろう。

「ミリアはどうしたもんかな」

「一つの流れが分かればいいのですが」

ミリアが出てくるが、巫女のジョブは取得していない。

ロクサーヌは自分が分かったからといってむちゃぶりしすぎだ。

「ミリア、魚を獲るとき、人の姿があると魚は逃げるだろう」

「はい、です」

「魚に逃げられないように、存在感を消すんだ。そのためには、滝に打たれて、滝と一つになる。滝に溶け込んだとき、魚が逃げなくなる」

「分かった、です」

俺もむちゃを言って送り出す。

アドバイスできるとしたらこのくらいだ。

ミリアは、今度は割と長い時間滝に打たれてから、出てきた。

巫女のジョブも取得している。

「よし。ミリアもよくやった」

「魚、獲れる、です」

やはり魚をエサにしないと駄目なのか。

「これで全員ジョブを得られたな。よくやった」

セリーを呼び戻してから、全員に告げた。

「ありがとうございます」

「今回は取得できてよかったです」

「獲った、です」

「よかったと思います」

セリーが巫女のジョブを得たのは今回ではないが、いいだろう。

水に濡れた白装束の美女が四人並ぶと壮観だ。

セリーの服はやや乾いているとはいえ。

眼福眼福。

「今後も通常は今までどおり俺が回復役を務める。ただし、これから迷宮の上の階層に進んでいけば、戦闘が激しくなって俺だけでは回復が厳しくなる事態も考えられる。そのときに備えて、みんなにも巫女を経験してもらうことがあるかもしれない。回復役が複数いれば安心だしな」

「はい。やってみたいです」

ロクサーヌはやはり前向きだ。

ロクサーヌを巫女にしてもいいだろう。

「元々巫女になろうとしたこともあったので、巫女のジョブは魅力です。ただ、次の装備品を作っていくことを考えると、鍛冶師の経験も積んでおきたいのですが」

「セリーは鍛冶師、ミリアは暗殺者のジョブをメインでいくつもりだ」

「はい」

「やる、です」

そのやるは暗殺者をやるでいいのだろうか。

伝わっているのかどうか微妙に不安だ。

「私なら巫女でもいいと思います」

「ベスタの場合も二刀流との兼ね合いがあるからな。今のところは竜騎士をメインでいこうと考えている」

「はい」

やはり巫女にするならロクサーヌか。

現状Lv10やLv20ならあっという間に育つ。

いろいろと試してみればいいだろう。


〈『異世界迷宮でハーレムを11』につづく〉